내가 왜 대학에 왔지?

권혁래 엮음

지식과교양

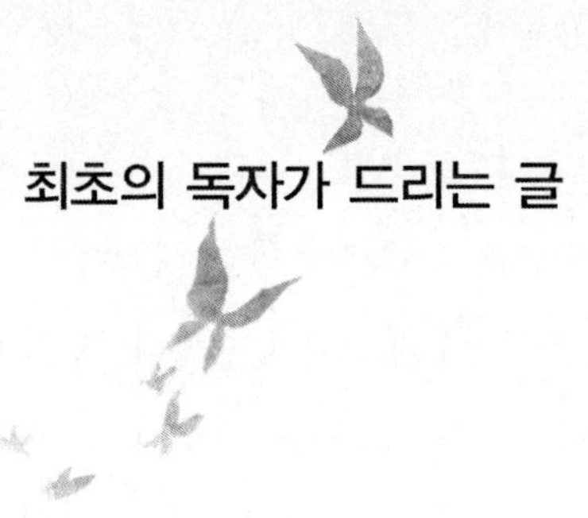

최초의 독자가 드리는 글

대학은 이 땅의 젊은이들에게 인생 개척의 복음이 될 수 있는가?

이 책은 이 질문에 대해 대학생들의 다양한 생각들을 담아 보여준다. 권혁래 교수가 엮은 이 독특한 자기 고백 형식의 책은 20대 초반에 대학을 다니는 젊은이들의 대학과 인생 전반에 대한 다채로운 육성을 담고 있다. 학우들의 목소리는 진솔하며, 마음 시리도록 투명하다.

권혁래 교수는 자신의 강의 시간을 통해 학생들이 자신을 성찰하며, 자기와의 화해로써의, 혹은 자기 치유적 글쓰기를 하도록 하였다. 여기에 투고된 학우들의 글은 열망과 모색, 회의와 창조적 방황을 거듭하는 젊은이들의 정신 분투를 기록한 것이다.

숭실대학교는 수험생들의 학력 면으로 보자면 300여 개가 넘는 한국 대학에서 15위 권 안팎을 차지하며, 전국 73만 명의 수능 수험생 중에서 7만~11만 등 사이에 포함된 학우들이 가장 많이 들어오는 대학이다. 이 대학은 비교적 우수한 학생들로 구성되어 있지만, 그렇다고 모든 학생들에게 하늘을 날 듯한 만족감과 자부심을 줄 정도는 아닌 것 같다. 어떤 학우들은 자신이 재수를 했더라면 신촌 어딘가에 있는 대학에 다녔을 것이라며, 자신보다 공부를 못한 친구들이 재수해서 신촌의 모 명문대를 다니는 것을 볼 때면 후회가 된다고 한다. 또 다른 학우들은 이 대학에 온 것에 아주 큰 기쁨과 만족감을 표시하면서, 합격 소식을 들었던 순간 온 가족이 환호성을 질렀던 그 감동이 아직도 가슴을 울린다고 한다. 대학에서 탁월한 성과를 거두는 사람은 누구일까? 후자 쪽이다. 이들은 현실적인 감각도 뛰어나지만, 자신 안에 충족되지 못한 성취감을 미래에 이룰 더 위대한 목표를 위해 갈무리하면서, 도서관과 강의실, 실험실과 동아리방을 오가며 강력한 성공의 보루를 구축한다.

어찌 숭실대생들뿐이겠는가?

이 책은 이 땅의 대학생들은 물론이요, 대학생들을 가르치고 섬기는 교수와 행정 직원들, 더 나아가 광막한 광야에서 젖과 꿀이 흐르는 땅을 찾아 방황하는 자녀들을 둔 부모들이 필독해야 할 '이 시대 대학생들의 자기 고백서'이다. 이 책의 첫 번째 독자라는 영광을 누린 사람으로서 나의 소감을 짧게 이야기하자면, 대학생은 '폭풍 부는 언덕 위에 서 있는 외로운 소나무'라는 것이다. 대학생은 학업을 통해서 자기 인생의 의미를 성찰해야 할 뿐만 아니라, 냉혹한 사회에서 생존의 일터를 준비해야 할 이중 부담을 안고 있다. 외로운 소나무가 그런 것처럼, 그들도 차가운 북풍을 견디며 바위 틈 사이로 뿌리를 깊이 내려야 할 것이다.

사랑하는 학우들에게 한 가지 복음을 전하고 싶다. 분명한 점은 이 세상에는 여전히 광활한 빈 터가 많이 남아 있다는 것이다. 학우들이여, 그대들에게 정주영, 스티브 잡스, 손정의, 빌 게이츠처럼 기존의 직업 세계가 아닌, 전혀 새로운 영역의 일터를 발굴하고 개척할 용기만 있다면 이 복음은 현실이 될 것이다.

폭풍 부는 언덕 위에 소나무처럼 외롭게 서 있는 이 땅의 많은 학우들이 자기와 화해하고, 대지에 굳게 뿌리내릴 수 있기를 바란다. 그들의 생채기를 어떻게 헤집고 보듬을지, 그들을 어떻게 격려해 줄지…. 그건 그들을 사랑하는 우리들의 몫이다.

김회권 교수 | 숭실대 교목실장

목차

Part 1. 대학이여, 나의 열망을
성취해줄 수 있기를!

Part 2. 다시 내 꿈을 디자인하다

Part 3. 지식의 미로에서 성찰하다

Part 4. 나는 왜? 의심스럽고 막막하다

대학에서 공부한다는 것,
글을 쓴다는 것…

권혁래

초등학교, 중학교, 고등학교 12년 간의 학창시절을 마치고

마침내 대학에 온 학생들,

그들은 어떤 목적으로 대학에 왔을까?

그들은 왜 대학에서 공부하고 있는가?

그들은 대학에서 꿈을 키우고 있는가,

아니면 좌절하고 방황하고 있을까?

이 청춘아, 행복하니?

이 책은 이 시대 대학생들의 청춘고백서이다. 정확하게 말하면, 2011년 중앙일보 대학평가 종합 순위 22위를 차지한 숭실대학교 학생들이 자신들의 대학생활에 대해 솔직하게 고백한, 자전적(自傳的) 글이다. 이 글들에 표현된 생각과 고민들이 단지 숭실대학교 학생들만의 것은 아니라고 생각한다.

2012년 1월 2일자 경향신문에서, 대한민국의 가정을 "대입 프로젝트 공동체"라고 묘사한 1면 톱 기사를 보고 무릎을 쳤다.
"우와, 진짜 기가 막힌 표현이다!"
정말 그렇지 아니한가?
조기 교육, 영어 유치원, 영어 연수, 기러기 아빠, 학원, 선행학습, 친구 끊기, TV 치우기, 입학사정관, 수시, 정시, 자살, 재수, 삼수, 취업….
대학 입시와 연관하여 떠오르는 말들이다. 이 단어들에 얼마나 숱한 사연들이 담겨 있을까? 대체 대학이 뭐길래, 이토록 대한민국은 온통 대학입시에 휩싸여 울고 웃고 살고 죽는 걸까?

지난날의 대학은 소수 엘리트 층의 낭만과 지성, 열정, 또는 특권을 대변하는 곳이었다. 적어도 1980년대까지는 그러했다. 일제 강점기와 6·25 전란 후의 피폐한 현실 위에 건립된 대부분의 대학들은 그 초라한 외관과 빈약한 자산에도 불구하고, 점차 고등교육기관으로서의 모습을 갖춰가기 시작했다. 1960~80년대 그 혼돈의 사회 현실에서도 대학은 학문의 존엄성을 주장하였고, 조국의 산업화 일꾼을 키워내고 사회의 지도층 인사와 지식인, 지성인들을 배출하였다.

오늘날 대학은 대중 교육의 장으로 변모하였다. 1990년대 중반 대학 설립이 자유화되고 입학 정원이 확대되면서, 대학은 중산층, 서민층의 자녀들까지 대거 진학하게 되었다. 내가 본 한국 사회의 대학은 단순히 '학문의 장(場)'이 아니다. 오랜 역사에서 신분차별과 절대 가난을 겪어 왔던 이 땅의 민중들은 자신은 비록 못살고 배고플지언정, 자신의 자녀 들만큼은 잘 살게 하고 싶었다. 그리하여 그들은 어렵게 모은 재산을 자 식들의 대학 등록금으로 기꺼이 내어놓는다. 형편이 더 어려운 학생들은 학자금 대출을 받아 오랫동안 갚아나간다. 대학은 가난한 무명의 젊은 이들이 번듯한 기업체에 취직하여 중산층으로 올라갈 수 있는 신분상승 의 장이요, 판검사와 고위 공무원, 의사 등 이른바 각계의 사회 지도층 인사로 클 수 있는 가장 유력한 통로이다. 대학을 나오지 아니하면 그러 한 신분상승은 꿈도 꿀 수 없음을 이 땅의 학부모들은 너무나 잘 알고 있다. 게다가 기업체에서조차 고졸자와 대졸자 간에는 취업 및 승진, 임 금 등에서 차별이 명확하여 대학공부에 뜻이 없는 사람도 울며 겨자 먹 기로 대학에 가지 않으면 안 되는 상황이 되어버렸다.

사람들의 대학에 대한 기대치는 엄청나게 증대된 학생 수에서도 입증 된다. 1970년대에 한국 사회에서 고등학교를 마치고 대학에 진학한 비 율, 곧 대학 진학률은 불과 20% 선에 불과했다. 그러다가 1990년대가 되면 30%대, 대학 설립 자유화가 된 1990년 중반이 되면 50%를 넘어선다. 진학률은 점점 높아져 2000년에 68%, 2008년도엔 역대 최고치인 83%를 넘어섰다가, 2010년도 79%, 2011년 72% 선으로 최근엔 진학률이 다소 떨어지고 있는 추세이다.

　이렇게 대학이 대중 교육의 장으로 변모하면서 대학 사회에서 가장 눈에 띄는 변화는 학생들의 '공부하는 목적'이다. 오늘날 대학의 핫 이슈이자 키 워드는 취업이다. 1997년 IMF 경제 위기 이후로 대학생들의 가장 큰 관심사는 '취업'이 되어 버렸다. 그것은 이 시대의 사회현실을 반영한 것이고, 또 누구를 탓할 일도 아니다. 하지만 계층의 양극화가 심해지고 비정규직은 양산되며, 20대 청년의 잠재 실업률이 20% 대로 치솟는 요즘, 학생들은 학점 관리와 스펙 쌓기에 여념이 없지만, 여전히 취업의 비결은 알기 어렵다. 더구나 대부분의 대학생들이 꿈꾸는 공공기관 및 대기업체에의 취직은 희망자의 10%밖에는 안 되는 현실에서, 이른바 '좋은 취업'은 정말 하늘의 별따기에 버금갈 만큼 어렵다.

　나는 숭실대학교에서 '읽기와 쓰기' 과목을 맡아 학생들이 학술적 글쓰기와 발표 능력을 기르도록 지도하였다. 나는 학생들과 토론하면서 학문의 절대성, 학문에 대한 엄숙주의보다는 '학문하기의 효용성', '학문하기를 통한 가치 창출'이라는 개념에 주목하게 되었고, 또 신성한 학문의 전당인 대학에서 '취업'을 운운하는 것에 대한 부정적 선입견을 버리게 되었다.

 학생들이 자신의 이야기와 고민을 말로, 글로 표현하면, 그것은 같은 강의실에 담긴 모든 사람들을 감염시켜 함께 고민하고 말하게 만든다. 이것이 말하기와 글쓰기의 힘이다. 학생들의 발표를 듣고 그들과 함께 고민하면서 나의 관심사는, 어떻게 하면 학생들이 대학에서 전공과 교양 학문을 균형 있게, 그리고 '제대로' 공부할 수 있는지, 또 그들이 어떻게 하면 자신의 삶을 성찰하고 자신이 좋아하는 분야나 열심히 공부한 전공 학문을 잘 살려 '좋은 취업'을 할 수 있을지 하는 문제가 되었다.

 학생들과 이야기하다 보니, 대부분의 학생들이 자신의 전공에 대해 잘 알지도 못한 채로 입학한다는 것을 알게 되었다. 나는 학생들이 그동안 유예해 왔던 인생의 사춘기를 대학시절에 겪으며 홍역 앓는 것을 이상하게 보지 않게 되었다. 그들이 대학생활을 시작하면서 그제서야 자신의 꿈이 무엇인지 생각하고 고민하기 시작하는 모습도 익숙해졌다. 대학에서 새로이 인생의 목표를 발견하며 학문하는 즐거움에 빠지는 모습도 보았다. 2, 3학년들이나 군대 마치고 복학한 학생들이 수업에 들어오면 인생과 학문, 졸업 후 진로에 대해 좀 더 묵직한 이야기를 나눌 수 있어 좋았다. 어느 한 학과가 아니라, 전교생 모두를 수강생으로 삼을 수 있다는 것은 교양 교과목을 맡은 교수의 특권이다.

 서울의 중상위권 대학인 숭실대에서 공부하는 학생들의 정체성과 느낌에는 독특한 무언가가 있다. 학생들에겐 전통 있는 '인 서울(in Seoul)' 대학에서 공부한다는 안도감과 자부심과 함께, 약간의 불만족스러움과 콤플렉스가 있었다. 나는 학생들이 자신의 소속 학교나 전공, 학교의 전통 및 분위기와 같은 학문적 자산에 긍지를 갖고, 이러한 자산을 자신의 성장에 적극적으로 활용하기를 바란다. 대학생활의 핵심은 학문하기이고, 학문하기에서 정말로 중요한 것은 깊이 있는 독서와 성찰, 비판적 사고력과 창의적 문제해결 방식을 기르는 일이다. 그러니 대학생활을 막 시작하면서, 어떤 기준에서 세운지도 잘 모르는 대학 서열을 가지고 자기 한계를 긋고 주저앉지 않았으면 좋겠다.

나의 수업은 몇 가지 섹션으로 나뉘는데, 그중 한 테마가 '대학과 학문'이다. 나는 이 주제를 가지고 강의와 조 발표, 토론을 진행하였다. 모두 세 차례의 수업을 거쳐 나는 학생들에게 '나는 왜 대학에서 공부하는가?'라는 질문에 대해 자신의 이야기를 담아 글을 쓰도록 했다.

길고 힘겨운 입시 터널을 통과한 대학생들에게 '학문'의 의미는 무엇일까? 입학하자마자 바로 '취업'을 걱정해야 하는 대학생들에게 '진리 탐구'는 어떠한 가치를 지닐까? 어쩌면 대학 입학 자체를 목표로 하였던 수많은 대학생들에게 이 질문들은 너무 낯설고 어려울지도 모른다.

학생들이 쓴 글에는 아픔과 좌절, 회의가 있었다. 탐색, 열망도 보였다. 그것들은 진지한 성찰이 있는 글에서 발견되는, 빛나는 눈물 같은 것이었다. 2011년에 1학기, 2학기, 겨울학기까지 포함하여 세 학기 동안 수업을 하였다. 그렇게 해서 만난 학생들이 500여 명. 그들이 발표하고 제출한 글에는 대학에 진학하기까지 수고한 인생과 고뇌, 대학에 들어와서 경험하고 생각한 것, 그들의 세계관이 담겨 있었다. 학생들이 쓴 글을 혼자 보고 돌려주기 아까워 선별하여 모아 두었다. 모은 글을 두고두고 읽으며 40여 편의 글을 추렸다.

이 책은 4부로 구성되어 있다. Part 1. 〈대학이여, 나의 열망을 성취해 줄 수 있기를!〉과 Part 2. 〈다시 내 꿈을 디자인하다〉에 실린 글들은 대체로 대학교육에 대한 진솔한 기대와 포부를 가감 없이 보여준다. Part 1에서, 명확한 목적의식을 갖고 온 학생들은 대학교육의 강점과 가능성을 빠르게 간파하고 대학에서 자신의 열망을 성취할 수 있기를 기대한다.

우여곡절 없는 인생이 어디 있으랴. Part 2에서는 시행착오 끝에 다시 설계한 자신의 꿈, 새롭게 발견한 대학생활의 긍정적 의미와 인생에 대한 적극적 태도를 서술한 글들이 인상적이다.

Part 3. 〈지식의 미로에서 성찰하다〉는 대학생활을 통해서 얻게 된 현실에 대한 비판적 인식 태도, 사회와 인생에 대한 성찰적 자세가 돋보이며, Part 4. 〈나는 왜? 의심스럽고 막막하다〉는 어조가 무겁고 침울하다. 대학교육이 아무리 취업 기회를 늘려준다 하더라도, 대학공부 자체가 갖는 강제성과 부조리함은 어찌할 수 없다는 생각이 표출된다. 입시 전쟁을 치르느라 자신의 삶을 깊이 있게 성찰할 시간도 없었던 대학생들이 대학을 겪으며 느끼는 불안함, 동기부여가 되지 못하는 현실 등에 대한 실망감, 무력감이 눈에 띤다.

출판 계약이 되었을 무렵, 학생들에게 자신이 쓴 글을 책으로 출판한다는 사실을 알렸고, 일부는 본인들이 직접 교정을 보도록 하고, 일부는 내가 교정을 보았다. 몇 차례에 걸쳐 편집을 다시하면서 글의 성격을 가늠하고 책의 체제나 원고의 순서도 조정하였다.

솔직히 말하면, 잘 쓴 글보다는 손봐주길 기다리고 있는 글들이 더 많았다. 처음 보기에 좋았던 글들도 다시 읽어보면 맞춤법, 띄어쓰기가 엉망이고, 문장도 비문(非文)이나 중복되는 경우가 많았다. 그래서 조금씩 손을 보았는데, 그래서 자기 글이 엉망이 되었다고 비난한다면 할 말이 없다. 용서해주기를 바랄 뿐이다. 처음에 책 원고에 포함시켰다가 마지막 편집 단계에서 약간 중복성이 있거나 성격이 다소 맞지 않아 어쩔 수 없이 뺀 글이 몇 편 있다. 현정이, 희성이, 하나, 원준이, 정택이, 소은이, 사랑이, 서영이, 연희, 경미, 병준이, 지혜, 은주, 지현이, 지은이, 다준이, 유진이, 해나, 은임이, 영주, 경락이, 현제, 민철이, 그리고 여러 사람들, 미안하다.

글쓰기란 생각보다 오랜 시간을 요구한다. 글쓰기란 성찰의 표현이다. 정신을 집중하여 생각하고, 자신의 이야기를 담아 쓰고, 정성들여 다듬은 글에는 향기가 있다. 그런 글에서는 빛이 난다. 투박한 글도 조금 더 갈고 닦으면 보석 같은 글이 되어 오랫동안 세상에 유전(流轉)하며 사람들의 마음을 어루만진다. 우리들이 그런 글을 몇 편이라도 쓸 수 있다면 얼마나 좋을까.

　재민이, 루아, 기훈이, 경완이, 수빈이, 수진이, 유리, 동환이, 태홍이, 웅수, 승민이, 다솔이, 현정이, 문정이, 민우, 유정이… 다 부르지 않겠다만, 너희들의 글은 훌륭하다. 진정성이 있어 가슴을 울리는 그 무엇이 있다. 한 10년 뒤? 너희들이 숭실의 이름을 빛내고 있을 것 같은 예감이 든다. 너희들과 함께 한 시간, 행복했다. 사랑한다.

　나는 이 글들을 오늘의 대학생들과 학부모님, 그들의 선생님, 그리고 대학 진학을 앞두고 머리를 싸매고 공부하고 있을 고등학생들과 함께 나누고 싶다.

　이제부터 나의 학생들이 꿈꾸고, 고뇌하고, 열망하는 그들의 대학 이야기를 시작한다.

Part 1.

대학이여,
나의 **열망**을 채워줄 수 있기를!

하노이 탑 쌓기

조경완 | 컴퓨터학부 11학번

대학에 왜 왔지? 나는 누구? 이 질문에 답하기는 참 어려웠습니다.

그 답을 제대로 찾기 시작한 것은 고등학교 때였습니다. 그것도 수학 시간, 수학 문제집을 풀 때였습니다. 남들은 문제집을 상당히 빨리 풀었습니다. 그리고 그냥 넘어가는 문제도 많았습니다. 하지만 저는 그렇게 하지 않았습니다. 다른 사람이 보기에는 당연히 멍청한 짓이었습니다. 자라리 다른 문제를 더 풀어서 수학 점수나 높이고 말았을 겁니다. 차라리 모의고사 푸는 시간을 재면서 점수를 더 높이려고 했을 겁니다.

하지만 저는 문제 지문을 하나하나 뜯어봤습니다. 조건부터 차례대로 분석해 나갔습니다. "이 조건은 이런 원리에 의해서 이렇게 돼." 이런 식으로요. 만약 문제 자체가 틀린 것 같다면 역시 왜 틀렸는지 논리적으로 생각을 하게 되었습니다. 그래서 문제집에 나와 있는 '틀린' 문제들을 많이 발견하게 되었고, 남들과 다른 풀이 방법, 문제를 제대로 보는 시각을 가지게 되었습니다. 수학에 대한 흥미가 생겨 나중에 수학 교사가 될 건지 다른 길을 갈 건지 아직 결정을 하지 않았지만, 한 문제에 집중하는 능력은 고등학교 때 발견한 셈입니다.

단순히 대학교에 "프로그래밍 배우러 왔어요.", "컴퓨터 배우러 왔어요."라고 말한다면 아무 의미가 없습니다. 이런 것들은 전문 학원에서도 배울 수 있는 것들이기 때문입니다. 이 질문에 대한 답변을 저는 특성, 취미와 조금 연관지어서 생각을 해 봤습니다. 제 취미는 RPG(Role Playing Game) 게임, 즉 캐릭터 육성 게임을 하는 것이고, 제 특성은 앞에서 말한 것과 같이 한 가지에 몰두한다는 것입니다. 결국 저는 게임 유저였고, 좋아하는 일에 집중하는 스타일이었던 셈이죠.

C 언어를 이용해서 프로그램을 만들면 버그가 있기 마련입니다. 다음과 같아요.

```c
#include<stdio.h>
typedef struct student{
int num;
int score;
}student;
int main(void)
{
```

```
    student *st;

    scanf("%d %d₩n",&(st-)num),&(st-)score));

    return 0;

}
```

컴파일러가 해석할 때 버그나 각종 에러를 잡아주는 경우도 있지만 그렇지 않은 경우도 허다합니다. 컴파일러가 에러를 못 잡으면, 즉 문법 자체의 오류가 없다고 하면 실행이 됩니다. 그런데 중간에 이상한 값이 나오거나 강제 종료가 되는 경우가 있습니다. 이것은 논리적으로 오류가 있다는 것인데, 그 오류의 원인을 찾기란 쉽지 않습니다. 물론 짧은 프로그램은 잡기가 쉽습니다. 그런데 프로젝트를 하면 길이가 기본 몇 백 줄 (단어 암기 프로그램: 550줄), 많으면 몇 천에서 몇 십만 단위까지 갑니다. 이런 프로그램의 에러를 찾아 고친다는 것은 상상도 할 수 없을 겁니다. 이런 상황은 문제 하나를 붙잡고 끝까지 물고늘어지지 않는 이상 해결이 불가능합니다. 이럴 때일수록 배운 내용을 바탕으로 써먹는 게 중요합니다. 이는 사실 간단한 예에서도 쉽게 찾아볼 수 있습니다.

```
    void hanoi(int from,int temp,int to,int n) //(temp : 임시 저장 공간)

    {

        count++;

        if(n==1)
```

```c
        printf("%c 에서 %c : %5d이 이동\n",from,to,n);
    else
    {
        hanoi(from,to,temp,n-1); //n-1개를 어디서 어디로 이동해야 될까?
        //from에서 temp로 n-1개의 원판을 이동한다.
        printf("%c 에서 %c : %5d이 이동\n",from,to,n);
        hanoi(temp,from,to,n-1); //자. 이 상황은 어떤 상황일까?
    }
}
```

우리가 많이 아는 하노이 탑(Towers of Hanoi)입니다. 위 코드에서 하노이 함수는 단 12줄뿐입니다. 하지만 저 코드를 만들기 위해서는 재귀와 귀납법을 알아야 되고, 하노이 탑이 어떻게 하면 최소로 이동할 수 있는지를 판단하고, 원판이 한 개일 때, 두 개일 때, n 개일 때를 그려서 일반화를 시켜야 합니다. 그리고 언제 하노이 탑이 다 옮겨졌는지를 판단해야 합니다.

결국 배운 내용을 잘 써먹을 줄도 알아야 되고, 간단하게 도식화도 시킬 줄 알아야 합니다. 문제 상황을 간단하게 그릴 줄도 알아야 합니다. 프로젝트도 마찬가지입니다. 다만, 이러한 과정을 통하여 협동심이나 존중과 같은 도덕적 가치를 더 배워야 한다는 것이 차이일 뿐입니다. 이런 것들은 단순히 배운다고 해서 얻을 수 있는 게 아닙니다. 지식 습득만을 목적으로 한다면 저런 부가적인 것들은 눈에 보이지도 않을 겁니다. 결국 이러한 문제는 프로그래밍이라는 전공 공부만이 아니라 문제를 분석하는 능력, 간단히 그리는 능력(도식화), 잘 써먹는 능력(적용) 등을 모르고서는 풀 수가 없습니다.

저는 메이플 스토리 같은 큰 회사에서 서비스하는 굉장히 인기가 많은 게임도 해 봤고, 잘 알려지지 않은 것들도 다수 플레이해 보았습니다. 그리고 많은 게임 리뷰들을 봤습니다. 그러면서 어떤 취업이 좋은 취업일까 질문을 해보았습니다. '게임과 취업', 사실 상관관계가 없는 것들입니다. 하지만 게임을 해보면서 느낀 것들이 있습니다.

첫 번째로 게임의 색깔입니다. 각 게임들은 그 게임의 고유한 특징이 있습니다. 그러한 것이 없다면 다른 게임에 묻어가는 존재가 될 것입니다.

두 번째로 개발자의 태도입니다. 어떤 게임의 개발 운영자는 핵/매크로 같은 근본적인 문제들은 그냥 하늘로 날려보내고 입발림 패치만 하고 있습니다. 하지만 조금 규모가 작은 게임들은 유저들의 불만에 조금 더 빠르게 대응을 합니다. 즉, "퀘스트 창 끄고 켜게 해 주세요."라는 불만이 나오면 곧바로 적용을 해 줍니다. 이런 태도 차이는 단순히 유저가 많고 적음의 차이가 아닙니다. 개선할 의지 차이고, 유저들을 보는 시각의 차이입니다. 그리고 생각의 범위 차이입니다.

취업도 마찬가지입니다. 프로그래밍만, C 언어만, C#만, Java만 배운다고 되는 건 아닙니다. 대학 다닐 때는 공부할 기회도 많고, 선택해서 배울 수 있는 과목도 많습니다. 단순히 학점 따기 위해서 쉬운 과목만 골라 듣는 것 역시 의미가 없습니다. 그리고 그 한정된 과목들만 할 줄 안다면 나중에 큰 문제가 터졌을 때 해결하지 못할 것입니다. 전공 과목만 잘 해서도 마찬가지고요. 문제는 한 가지가 아닌, 복합적인 양상으로 일어나기 때문입니다. 게임을 예로 든다면, 이벤트를 하는데 그 이벤트의 결과가 어떻게 될 것인가를 예측하려면 전공 지식만 가지고는 해결이 되지 않을 겁니다. 경제 지식도 필요하고, 인문 지식도 어느 정도 필요할 것입니다. 학교에서 배우지 않아서? 이건 핑계일 뿐입니다. 스스로 공부하고 연구하고 공유하면 되니까요. 물론 어렵겠지만요.

즉, 자격증 같은 스펙 쌓는 것도 중요하지만 한번쯤은 정말 해보고 싶은 것, 혹은 관련된 것들을 공부하는 것도 중요하다는 것입니다. 그러면서 정말 즐길 수 있는 것을 찾으면 됩니다. 다른 것들을 배우는 것은 결코 시간 낭비가 아닙니다. 스티브 잡스의 서체 공부처럼, 저는 최대한 여러 가지 공부를 하고 싶습니다. 회사 취업도 마찬가지입니다. 정말 자신이 즐길 수 있는지부터 따져야 한다고 생각합니다. 아무리 연봉이 높아도, 대기업이라도 정말 자신이 즐길 수 없고 힘만 든다면 소용이 없으니까요.

만만해서 경영대 온 게 아니야

박기훈 | 경영학 11학번

컴퓨터 게임을 잠자는 시간보다도 많이 했던 한 중학생은 학교에서 항상 뒷자리였다. 집에 가서 게임을 하기 위해 학교에서 자야 했으니까. 그 시절 나의 꿈은 원 없이 게임할 수 있는 프로게이머나 게임을 만들어 보는 게임 개발자가 되는 것이었다. 그랬던 뺀질이는 컴퓨터를 많이 접할 수 있다는 생각에 실업계 고등학교를 선택했다. 그러다 우연히, 한 지하철 역에서 정장을 차려입고 전화 통화를 하며 바쁘게 지나가는 회사원 무리를 보았다. 막상 자세히 보면 업무에 시달리는 사람들뿐인데, 그 모습이 내게는 퍽이나 진지하게 보였나 보다. 멋있었다. 나도 회사원이 되고 싶었다. 아니, 좀 더 진지하게 회사를 이끌어보고 싶다는 생각이 들었다. 그 때부터 경영자가 되자는 생각을 했다.

그래서 실업계 고등학교 입학 후 졸업까지 그 아이의 학생부의 장래 희망 칸에는 줄곧 '전문 경영인'이란 글자가 쓰여 있었다. 이젠 공부할 때도, 친구들과 농구할 때도, 팀을 만들어 이끄는 것을 좋아했다. 조별 수행평가에서는 모두 조장을 독차지했다. 예전엔 뒷자리에 엎어져 자던 그 아이가 이제는 항상 앞자리에 앉았다. 품행도 단정히 했다. 학교도 이끌어보고 싶어 학생회 부회장도 해보았다.

그리고 돌아온, 진로 선택의 제1 시기인 '고3 시절', 상고의 특성상 주위 친구들은 여느 인문계 고등학교 학생들보다는 능동적으로, 가까운 자신의 미래를 준비하고 있었다. 예를 들면 여학생들은 미용 관련 자격증을 따거나, 서점 혹은 여성 의류 회사나 기타 기업 면접을 준비하고 있었다. 남학생들 중에서도 취업을 준비하거나, 여력이 된다면 전문대 진학을 목표로 하는 아이들이 있었다. 또 어느 아이는 컴퓨터를 가르치는 선생님이 되고 싶어 지방 사범대를 목표로 하기도 했다. 그러나 나는 4년제 대학 진학을 목표로 설정했다.

고등학교 시절에 회계 원리와 회계 실무, 마케팅, 전자 상거래와 상업 경제 등 기업 생활에 필수적인 과목들을 배울 수 있었기 때문에 경영대학을 진로로 삼았는지도 모르겠다. 그러면서도 내겐 끊임없이 의문이 생겼다. '왜 4년제 대학인가? 경영학을 공부하려면 4년제 대학교를 가야만 하는가? 국내외 수많은 기업의 총수와 대기업 경영인들 중에서는 대학에서 경영학을 전공하지 않은 사람도 많지 않은가? 왜 꼭 대학을 가야만 경영을 배울 수 있다는 것일까?' 이러한 질문이 내 머릿속을 떠나지 않았다.

내가 대학에서 공부해야 하는 이유를 생각해 보자면, 대학이 나의 '지식 갈증'을 해소시켜 줄 수 있다고 생각했기 때문이다. 나는 고등학교에서 경영의 기초라고 말할 수 있는 과목들을 접하면서, 이것들에 대한 흥미가 생겼다. '회계는 조금 딱딱한데, 난 인사관리를 배워보고 싶어.', 혹은 '내가 생각한 마케팅은 좀 더 화려하고 멋진 것이었는데, 좀 더 배워보고 싶다. 아니, 내가 직접 해볼 수 없을까?' 하는 생각이 들었다. 결국, '어떻게 하면 이런 것들을 배워 볼 수 있을까?'라는 질문의 해답은 대학에서 찾을 수 있었다. 자기가 원하는 전공을 선택하여 대학을 진학했다면, 원하는 부분을 자유롭게 배울 수 있다는 것이 대학이 고등학교와 가장 차이나는 특징이라고 생각한다. 어쩌면 현재 경영대에서 수업을 듣고 있는 많은 친구들 중에서도, 수능 점수에 맞추어 원서를 넣거나 '취업에 도움이 되니까'라는 이유로 경영대학에 지원한 친구들이 있을 것이다. 하지만 나는 평소에 호기심을 가지고 있던 경영 관련 과목을 자세하게 배우고 유용하게 쓰고 싶어서 경영대학에 진학했다.

대학만이 가지고 있는 학문적 깊이는 미래를 준비하는 데에도 도움을 줄 수 있다. 나는 장래에 국제 기업을 이끌어 나가는 경영인이 되고자 하는데, 이를 위해서는 상품의 흐름을 체계적으로 분석할 수 있는 능력부터, 재무제표를 보며 기업 상태를 진단하는 능력, 회사의 매출 신장을 위하여 올바른 판매 촉진 전략을 세울 능력, 나아가 회사 전체의 상태를 점검하고 성장 방향을 제시할 능력이 필요한데, 이러한 지식을 얻는 것은 개인의 힘으로는 한계가 있다. 따라서 많은 지식이 쌓여 있는 대학과 그 지식을 앞서 탐구한 교수들로부터 배우는 것이 효과적이라고 생각한다.

사실 우리나라의 취업 구조는 너무나 독특해서, 기본 자격부터 '고졸'과 '전문대 졸', 그리고 '4년제 대학 졸', 심지어는 '일류 대학 졸'을 구분하고 있다. 그저 간판을 중시하는 풍토에서 시작되어 결국엔 취업 난까지 이어지고 있는 이 판국에, 대학생이 살아남을 수 있는 방법은, 자신이 원하는 길을 찾고 그것에 필요한 공부를 최대한 대학에서 하는 수밖에 없다. 대학에서 얻을 수 있는 학문적 이점, 특히 경영학과의 이점인 '실용성', 적어도 이 '실제로 활용할 수 있는 능력'을 갖추고 나서 학사모를 써야만 한다. 막상 배워보고 싶은 과목은 2학년이 되어서야 중점적으로 배울 수 있겠지만, 적어도 나는 대학에 돈을 지불하고 내가 원했던 합당한 지식을 얻고 있다고 생각한다.

대학이라는 공간이 제공해 주고 있는 것은 비단 학문적인 것만은 아니다. 다른 환경과 다른 사상을 지닌 사람들을 만날 수 있게 해주고 함께 일을 추진하거나 어울리게도 이어주는 역할도 한다. 서로의 진로를 구체적으로 이야기할 수 있고, 또 원하는 진로가 아니었다면 차선책을 제시해 줄 수 있다. 뜻이 맞는다면 공모전을 위해 작품을 준비하거나, 어렵사리 자금을 모아 창업할 수도 있다. 예전에 경영대학 학생회장의 소개로 학생 잡지를 만드는 곳을 찾아가 보았다. 그곳에서 만난 분들과 이야기해보니 마케팅 체험에는 이보다 좋은 방법이 없을 것 같았다. 참고로 나는 남들보다 대학을 2년 더 준비했는데, 그것은 좋은 대학일수록 이러한 직·간접적 체험의 기회를 자주 접할 수 있고, 무엇보다 상위 학교일수록 학풍이 진지해서 공부를 하기에 좋은 환경이 되기 때문이다.

예전에는 대학을 다닌 사람들을 지식인, 지식 계층으로 취급했다. 하지만 수입이 없으면 직업으로 취급해주지 않는 요즘 세상에서, 대학은 지식을 얻어가는 곳이 아닌, 취업의 다리 역할만 해줄 뿐이다. 어떤 대학생들은 맹목적으로 대학을 다니며 아직 무엇을 하고 싶은지도 모른다. 그러나 실력 없는 자존심만큼 비참한 것은 없다. 진리를 탐구하는 학자가 되어도 좋다. 사업을 준비하는 사업가가 되어도 좋다. 하지만 대학을 다니는 사람이라면 보다 능동적으로 자신에게 필요한 공부가 무엇인지를 찾고 그것을 알아가야 한다. 난 그것을 찾았고, 이제 그것을 배우고, 그것을 세상에 보일 일만 남았다.

어째서 더 재미있는 게임이 없지?

김유빈 | 국어국문 11학번

중학교에 들어 고2 때까지, 나는 대학에 진학할 생각이 없었다. 나는 내가 하고자 하는 것을 하고자 했다. 그것은 게임이었고, 나는 게임을 만들고 싶었다. 그래서 나는 대학 진학 대신 게임 교육원이나 학원에 가고 싶었다. 하지만, 현실의 벽은 너무 높았다. 사람들의 시선이 무서웠고, 지방에는 콘텐츠가 부족하고, 막연히 도전하기엔 집안 사정이 어려웠다. 고3 때 차선책을 꺼냈다. 우선 진학을 하자. 그 어떤 이들이 내가 게임을 만든다고 할 때 무시하지 못할 레벨의 학력을 갖고, 서울에 갈 정당한 이유를 만들자. 그리고 사립대에서 가장 편하게 공부할 수 있고, 싸게 다닐 수 있는 학과를 찾자. 나는 이 모든 것을 수렴할 수 있는 대학과 학과의 최저선을 숭실, 동국, 국민대학교의 국문과로 잡았다.

하지만, 5년 동안 놓고 있던 현실은 아득했다. 모든 수준이 고1 이전에 멈춰 있었다. 게임을 하러 대학에 가기 위해, 게임을 하지 않으려고 기숙사에 들어갔다. 손발이 떨리며, 숨이 막히고 피가 마르며 혀가 타는 고통을 느끼며 나는 눈앞이 아찔해지는 공부량을 쫓아갔다. 그리고 나는 같이 게임을 만들자는 친구를 숭실대 컴퓨터공학과에 수시로 집어넣고, 그 녀석과 함께 이곳에 왔다. 나는 결국 이곳에 왔다. 확고한 나의 꿈을 위해 있는 힘껏 발버둥쳤다. 대학에 오는데 에피소드 하나 없는 사람은 없겠지만, 나에게 있어 대학은 어쩔 수 없이 잡을 수밖에 없는, 그런 것이었다.

대학생이라면 학문을 목표로 하는 것은 필요하나 그것이 내게도 꼭 필요한 것은 아니다. 나는 얼떨결에 이 시대의 지식인이 될 수 있는, 교양인이 될 수 있는, 전문가가 될 수 있는 특권을 손에 넣어버렸지만, 나에겐 그것 역시 필요한 것이 아니다. 나는 이 나라 문화 콘텐츠의 메카 서울에 왔고, 게임 시나리오 글쓰기를 배우기 위해 국문과에 왔다. 나에게 있어 이곳은 단순히 지나가는 곳이요, 시야를 넓히는 곳이며, 일종의 도피처이다. 내가 배우는 모든 전문적인 단어들은 우습게도 게임을 위한 것이었다.

이렇게 온 대학이지만, 나는 이곳에서 많은 것을 찾고 배웠다. 콘텐츠 창작론이란 수업이 있다는 것도 알았고, 컴퓨터공학과에 게임 개발 소모임이 있다는 것도 알았다. 내가 찾고자 한다면, 얼마든지 기회가 있었다. 고등학교 때 오답이라 말하던 나의 의견이 대학에 오니 받아들여졌다. 태어나서 처음으로 나와 같은 꿈을 가진 사람을 찾았다. 나를 압도하는 사람도 찾았다. 마음만 먹으면 그 어떤 자료든 얻을 수 있게 되었다. 이곳에서 추구할 것이 없다고 생각한 것은 나의 오만이었다. 나는 이곳에서 내 인생의 활로를 찾았다.

게임에 미쳐서 산 5년 동안 나는 생각했다. '어째서 좀 더 재미있는 게임은 없는가?' 그것은 나에게 게임 개발자라는 꿈을 꾸게 해주었다. 나는 '없으면 만들면 되지.'라는 일념 하나로 꿈을 꾸게 되었다. 그것은 세계 최고의 게임을 만들겠다는 꿈이었다. 그 꿈을 위해 대학까지 왔다. 그 게임을 만드는 데 도움을 얻고 싶어서 컴퓨터 공학을 복수전공할 것이다. 나의 모든 노력은 그 꿈을 향해 수렴할 것이다.

게임을 안 했다면, 혹은 안 한다면 좀 더 편한 인생을 살 수 있을지도 모른다. 하지만, 나는 단 한순간도 나의 선택을 후회하지 않았다. 만약에라도 내가 게임을 하지 않았더라면, 지금까지 만나온 소중한 인연들도, 지금까지 소중히 여겨왔던 꿈들도 사라졌을 것이다. 나는 꿈을 8년째 꾸고 있다. 언젠가 깰지도 모르지만, 이 손으로 내가 하고 싶은 게임을 만들 그날을 위해, 지금은 이대로 달려볼란다.

독일축구 전문기자가 된다는 것

최재형 | 독어독문 05학번

　대학 진학은 청소년들의 의무다. 우리네 사회가 그렇다. 법으로 정해진 것도 아니지만 대다수의 청소년들은 오직 대학 진학을 위해 공부를 하고 있다. 그들은 학벌주의 사회 속에서 좀 더 나은 대학에 진학하기 위해 경쟁을 하고 있으며, 그들의 미래와 꿈에 상관없이 그렇게 기계적인 삶을 살고 있다. 청소년 시기부터 자신의 미래를 계획하고 꿈을 이루기 위해 대학에 진학하는 학생들은 소수에 불과하다. 나 역시 마찬가지다. 나의 꿈을 실현하기 위해서라기보다 그저 부모님이 강요하고 또 남들이 다 가는 곳이므로 그렇게 대학 진학을 선택했다. 현재 나는 숭실대학교 독어독문학과 4학년에 재학 중인 학생이다. 사실 수능 보기 전까지 숭실대학교라는 대학과 독어독문학과라는 전공이 있다는 사실조차 알지 못했다. 그저 수능 점수에 맞춰 쓴 곳이 숭실대학교였고 독어독문학과였을 뿐이다.

청소년 시절의 목표가 오직 대학 진학에 있었다면 대학 진학 후 목표는 미래에 대한 구체적인 계획과 행동에 있다. 나의 꿈은 축구 전문기자다. 전공 선택 후 나는 전공을 살려 독일축구 전문기자가 되겠다는 구체적인 계획을 세우게 되었고, 독일 분데스리가에 대해 자료를 수집하였다. 물론 독일어 공부가 제일 중요하였다. 독어독문학과에서 진로를 결정하는 방식은 두 가지가 있다. 전공을 살려 전공 관련 일을 하는 것이냐, 아니면 전공과 관계없는 일을 하는 것이냐이다. 물론 어느 전공에서나 비슷하겠지만, 독어독문학과와 같은 어문 계열 전공에서는 이 선택이 중요한 의미를 지닌다. 독일축구 전문기자가 되기 위해서는 무엇보다도 독일어 능력이 중요하다. 교수님과 상담하면서 단순히 독일축구에 대한 지식만 가지고는 기자가 될 수 없다는 충고를 받았다. 그리고 이미 축구가 단순히 스포츠에만 국한되는 것이 아니라 그 나라의 문화와도 밀접한 관계를 맺고 있기 때문에 그 나라의 문화를 알고 언어를 알아야지만 성공할 수 있다는 조언을 얻을 수 있었다. 이렇듯 나에게 있어 대학공부와 진로는 연관성을 지니고 있다. 비록 대학 진학과 전공 선택이 내 의지와는 상관없이 이루어졌지만, 주어진 환경에서 나의 꿈과 전공을 연관시켜 구체적인 계획을 세우고 나니 전공 공부에 더 집중할 수 있게 되었으며, 대학생활이 더 뜻깊고 알차게 느껴졌다.

자신이 선택한 전공에 대한 전문적인 지식을 배우는 곳이 대학이다. 독어독문학과에서는 독일어뿐 아니라 독일문학, 독일문화에 대해 공부할 수 있다. 대학공부라는 것이 비단 전공 공부에만 국한되는 것이 아니라 대학생활을 통한 수많은 경험이 다 포함되어 있는 것이어서 대학공부를 통해 얻는 것은 앞으로의 인생에 중요한 자산이 될 것이라고 생각한다. 올해로 나는 4학년이 되었으며 군 복무기간을 제외하고 4년 이상을 대학에서 보내고 있다. 전공 공부를 통해 독일어 및 독일 문학에 관한 전문적인 지식을 배웠으며 대학생활을 통해서는 다양한 경험을 얻었다. 각종 학과 활동을 하면서 돈 주고도 구할 수 없는 많은 사람들을 만났고 올해 학생회장을 하면서 리더십과 자신감 또한 얻을 수 있었다. 대학은 사회로 나아가기 위한 관문이며, 사회에서의 성공을 위한 수많은 것들을 배울 수 있는 공간이다. 전공 공부로 얻을 수 있는 독일어 실력과 대학생활로 얻을 수 있는 경험 등을 통해 나는 꿈을 이룰 수 있는 단계를 밟아가고 있다고 생각한다. 이렇게 대학공부를 통해 자신의 꿈에 좀 더 가까워질 수 있다고 생각한다.

누구나 삶에 대한 목표가 있고 이루고자 하는 꿈이 있다. 대학에서의 공부는 이러한 목표와 꿈을 실현 가능할 수 있도록 해준다. 4년 이상의 대학생활 동안 사회가 원하는 나의 모습을 찾기 위해 부단히 노력해왔으며 이제 나에게는 그 결실을 맺을 시간만이 남아있다. 흔히들 꿈과 현실에는 괴리가 있다고들 말한다. 나의 꿈인 독일축구 전문기자가 현실적으로 쉬운 길이 아닌 것만은 알고 있다. 하지만 지난 4년 간의 대학공부를 통해 꿈과 현실의 거리를 줄여왔다고 자부하고 있으며, 시간을 헛

되게 보냈다고는 생각하지 않는다. 이렇듯 나에게 있어 대학에서의 공부
는 스스로 꿈에 좀 더 다가가기 위한 필수적인 요소였으며 보다 전문적
인 지식을 배울 수 있었던 기회였다. 왜 대학에서 공부하는가? 이 질문
에 나는 이렇게 말하고 싶다. 강요와 강압으로 공부를 해왔던 청소년 시
절과는 달리, 대학은 스스로 꿈을 찾고 다가가기 위해서 꼭 거쳐야 하는
필요한 과정이며 사회적으로 성숙한 인간으로 성장하는 기회를 제공하
기 때문이라고. 대학이 인생의 전부는 아니지만 인생의 전부를 설계하
는 공간이라 생각하며 오늘도 나는 공부한다.

철학이 있는 공법 전문가

김민수 | 법학 04학번

　내가 왜 대학에서 공부하는지, 무엇을 얻고자 공부를 하는지에 대한 물음에 답을 하기에 앞서, 나 스스로에게 '나는 왜 대학이란 곳에 들어왔나?' 질문을 던져본다. 생각해보면 나는 과거의 나에게 미안함과 아쉬운 마음을 금할 수가 없다. 되돌아보면 과거의 '나'는 대학이란 곳을 너무나 피동적이고 타율적으로만 받아들였다. 초·중·고 12년 동안의 입시 레이스에서 나는 우리나라의 많은 학생들이 그러하듯이 대학의 '입학' 자체에 가장 큰 목적을 두었다. 그에 따라 대학에 대한 고민의 깊이도 입학한 후의 생활까지는 미치지 못했다.

　그래서 과거의 나에게, 미래의 나의 자식에게, 그리고 나의 후배들에게 전해주고 싶다. 어떻게 하면 내가 가고 싶은 대학에 입학할 수 있을까를 고민하는 것보다 훨씬 더 중요한 문제는 내가 대학에서 무엇을 배우고,

어떤 인생을 설계하는 것이라는 것임을. 전자의 고민보다 후자의 고민을 많이 한 사람이 대학에서 더욱 많은 것을 배우고 얻을 수 있다는 확신을 가지고 있다는 말과 함께 말이다.

2002년 고등학교 2학년 때 신문을 처음 정기 구독했다. 주변 분이 공부에 도움이 많이 될 테니 신문을 자주 읽어 보라는 권유를 해주셨기 때문이다. 처음엔 금방 질려서 그만둘 줄 알았는데, 그만 재미가 들어 바쁜 고3 수험 생활 와중에도 계속 신문을 보았다. 이때부터 정치 문제나 사회 문제에 많은 관심을 가지게 되었고 언론사 기자가 되고 싶다는 막연한 꿈도 갖게 되었다. 대입 시험이 끝나고 자연스레 사회과학부나 신문방송학 전공에 관해 이리저리 알아보던 나에게 담임 선생님께선 정치 문제나 사회 문제를 취재하는 기자도 좋지만, 그 제도 자체를 만드는 과정을 배워보면 어떻겠냐며 법대 진학을 권유하셨다. 나는 여러 고민 끝에 법대 지원을 결심하였다.

요즘 대학 교육이 많이 변질됐다는 비판이 제기되고 있다. 사회 제반 문제에 대해서 비판적 시각의 창구 역할과 사회를 지탱하는 철학을 생산하고 공유해야 하는 대학 교육이 점점 기업화되고 있다는 것이다. 기업처럼 모든 것을 수치화시켜서 점수를 매기고 기업의 입맛대로 효율성과 실용성만을 강조한다는 것이 비판의 요지이다. 그 속에서 대학생들이 인문학과 같은 기초 학문이나 비인기 학문을 기피하고 자신의 스펙 관리나 그에 도움이 되는 인기 학문에만 몰리는 현상도 문제로 지적되고 있다.

나 역시 위와 같은 비판에 일정 부분 공감하고 있다. 하지만 아직까지 대학 본연의 역할은 바뀌지 않았다고 생각한다. 사회 제반 문제에 관하여 비판적인 시각과 우리 사회가 지키고 발전시켜야 할 가치에 대한 방향을 제시하는 역할은 아직도 분명히 대학에 있다고 생각하기 때문이다. 다만 사회가 점점 개인화되고, 안정적인 일자리가 줄어들면서 당장 사회인이 되어야 할 대학생들이 불안을 느끼고 있는 게 현실이다. 그 때문에 대학생들이 위와 같은 대학 본연의 역할에 동참할 여유가 점점 줄어들고 있다는 것도 알고 있다. 하지만 이러한 불안감 때문에 대학생활이 취업 준비 과정만이 되어서는 안된다고 생각한다. 전공 공부와 취업 준비는 결코 서로 대척되는 관계이거나 양립할 수 없는 관계가 아니지 않은가.

내가 대학에서 법을 공부하는 이유에 대해 말해보고자 한다. 법과 제도는 그 실질적 내용이 무엇인지에 대한 비판적 고찰이 이루어지지 않으면 우리 자신에게 칼끝을 겨누는 치명적인 무기가 될 수 있다. 과거 우리나라의 군사정권이나 독일의 나치당과 같은 독재정권이 법치와 국민적 컨센서스를 근거로 하여 국민의 자유를 억압하고 반인권적인 범죄를 정당화시키는 도구로 법과 제도를 사용한 예가 이를 증명해준다. 이를 방지하고 견제할 수 있는 비판적 시각을 생산하는 것이 법학 연구의 주요한 목적이라 생각한다. 또한 현행 법이 소수의 이익에 봉사하는 도구로 전락하진 않았는지, 국민적 이익을 정당하게 배분하고 있는지, 그리고 그 배분에 있어서 정당한 균형이 지켜지고 있는지에 대해 정책적인 시각을 제공하는 것도 법학 연구의 목적일 것이다.

　　나는 여기에 대학에서 법학을 공부하는 이유가 있다고 생각한다. 단순하게 법 체계를 배우고 법의 원리만을 배운다면, 이러한 법학 본연의 역할을 수행할 수 있는 역량을 갖출 수 없다. 법에 관한 기술적 지식은 사설 법학 학원이나 수험 학원에서 배워도 충분할 것이다. 하지만 그 제도의 뿌리에는 어떠한 이념이 자리 잡고 있는지를 고찰하고, 정당한 법 원칙을 정립하기까지 어떠한 투쟁이 있었는지를 배우는 것은 대학이라는 공간에서만 가능하다. 여기에 더해 일반적인 교양 교육과 폭 넓은 독서가 이뤄져야 사회에 대한 비판적인 시각과 가치관이 길러진다. 이렇게 정립된 시각과 법에 대한 깊은 고찰은 현행법을 자율적이고 비판적으로, 또한 그것이 올바른 방향에 놓여있는지를 나 스스로 생각해 볼 수 있게 한다. 많은 사람들이 법대는 공무원 시험이나 사법 시험처럼 고시 준비가 주요 목적이지 않느냐고 물어 온다. 하지만 나는 그것이 법학을 대학에서 공부하는 주요한 동기나 이유가 될 수는 있어도 절대로 목적은 될 수는 없다고 말하고 싶다. 법대에서 학생들은 법학이라는 기술적인 과목을 배우지만, 개개인은 자신의 환경이나 이념에 따라서 자기 나름대로 저명한 학자의 의견에 동조하기도 하고 비판하기도 하면서 자신만의 의식체계를 형성해 가기 때문이다.

올바른 철학이 담기지 않으면 법은 죽은 문자에 불과하다고 생각한다. 나는 나의 철학을 환경·노동 분야에서 꽃피우고 싶다. 이것이 내가 대학에서 공부하고 고민한 작은 결과물이다. 나는 2학년을 거치면서 공법 분야에 많은 관심을 갖게 되었는데, 특히 헌법에 흥미가 생겨 공부를 좀 더 하게 되었다. 문민정부가 수립된 이후로 헌법재판소가 활성화되고, 헌법 소원도 비약적으로 증가했다. 하지만 아직 개인의 기본권 영역은 많은 연구가 필요하고, 환경이나 노동 분야와 같이 우리 삶의 질을 개선할 수 있는 분야도 아직 해결해야 할 일들이 많다고 생각한다.

앞으로 기업 경영의 사회·윤리 문제, 정부 정책의 지속 가능한 개발 문제로 환경 분야는 점점 더 중요한 이슈가 될 텐데, 분명한 철학이 없다면 개발과 보전의 사이에서 일어나는 갈등을 제대로 해결할 수 없을 것이다. 현재 환경 보전이나 지속 가능한 개발을 위해서 환경 영향 평가, 환경 분쟁 조정방식 등을 개발하였는데, 이러한 법적, 제도적 장치가 요식행위로만 끝나면 갈등은 쉽사리 해결할 수 없을 것이다. 나는 이러한 갈등 상황에서 양자의 이익을 절충하고 진정으로 지속 가능한 정책을 개발·제공하는 법적, 제도적 역할을 하고 싶다.

내가 법에 관한 철학을 쌓기 위해서는 법전 전체를 달달 외우고 있어야 하는 것도 아니고, 교과서의 이론을 빠짐없이 알고 있어야 하는 것도 아니다. 그러한 실무 지식 이전에 사회과학, 인문학과 같은 큰 틀에서 사고하고 접근할 수 있는 능력이 필수적이라고 생각한다. 법제화를 통한 이익 분배가 단순히 덧셈, 뺄셈과 같은 수학 공식이 아니기 때문이다. 여기에 내가 대학에서 공부하는 이유가 있고, 앞으로도 공부해야 하는 이유가 있다.

화학에서 시작된 즐거움

신수진 | 화학 11학번

　나는 자연과학부 화학과에 재학 중이다. 나는 중학교 때부터 화학을 좋아했다. 사실 그 때는 화학이 정확히 어떤 과목인지도 모르면서 원자 모형을 그리면 멋있어 보였고, 실험복을 입고 실험기구를 다루면 진짜 과학자처럼 보였다. 고등학교에 들어와서 화학을 아주 조금이나마 깊게 배울 수 있었다. 화학은 내가 생각했던 것보다 훨씬 어려웠다. 도대체 산화 환원 반응식을 가지고 어떻게 문제를 풀어내야 하는지, 엔탈피와 반응열은 어떤 개념인지 너무 복잡했다. 그래도 재미있었다. 골치 아픈 물리보다도, 그저 외워야 할 것만 같은 생물보다도, 지리와의 경계선에 있는 지구과학보다도 화학은 재미있었고, 내가 가장 좋아하는 과목이었다. 대학 입시를 준비하면서 내가 정말 하고 싶은 일이 무엇인지 알 수 없어서 정확히 어떤 과를 목표로 설정하고 공부하지는 않았다. 하지만 나는 막연하게 화학과 관련된 과를 가리라고 생각했고, 현재 다름 아닌 화학과에 재학 중이다.

내가 대학에서 왜 공부하느냐고 묻는다면 크게 두 가지 이유를 들 수 있다. 첫 번째는 즐거워서이고, 두 번째는 현실적인 이유다. 두 번째가 현실적인 이유라고 했지만 사실 이것이 가장 큰 이유인 것은 부정할 수 없다. 현실적인 이유라 하는 것은 취업을 말하는 것이다. 사실 대한민국 현 상황에서 대학을 졸업하지 않고서는 좋은 직장을 가지기 어렵다. 내가 생각하는 좋은 직장은 내가 원하는 일을 즐겁게 할 수 있는 직장이다. 물론 연봉이나 다른 복지 혜택도 좋으면 금상첨화일 것이다. 지금은 아직 학부 1학년에 재학 중이라 화학에 대해 깊게 배우지 않았다. 따라서 내가 화학 중에서도 어떤 분야에 가장 흥미를 가질 것인지도 잘 모르겠고, 어떤 직업을 가지고 싶은지도 아직 정확히는 모르겠다.

미래를 생각하면 항상 막막하다. 막연히 드는 생각은 어떤 분야가 되든 연구원으로 일하면 좋을 것 같다. 지금 학교에서 일반 화학 실험시간에 하는 실험은 간단하지만, 또 어떨 때는 생각대로 잘 되지 않아 짜증나기도 한다. 하지만 그 시간은 그 어떤 다른 이론 수업 시간보다 기다려진다. 그래서 연구원이 되고 싶다는 생각을 하고 있는데, 내가 어떤 직업을 선택하든지 취업을 위해서는 대학교 졸업장이 필요할 것이다. 나는 내가 하고 싶은 일이 생겼을 때 나의 실력이 갖추어지지 않아 그 일을 못 하는 일이 없었으면 좋겠다. 내가 항상 준비된 사람이라면 언제 어느 때 갑자기 나에게 기회가 찾아왔을 때 나는 놓치지 않을 것이다. 그 기회가 찾아왔을 때 놓치지 않기 위해 지금 나는 공부를 하고 있다.

내가 화학과를 다니는 또 다른 이유는 화학을 배우는 것이 즐거워서다. 나는 내가 나중에 화학과 관련되지 않은 직업을 선택하더라도 후회하지 않을 만큼 지금 화학을 재밌게 공부하고 싶다. 내가 화학과를 졸업한다 하더라도 솔직히 나중에 꼭 화학과 관련된 직업을 가져야 된다고는 생각하지 않는다. 살다보면 언제든지 내가 원하는 것이나 하고 싶은 것은 바뀔 수가 있다. 4년이란 시간이 짧다고 할 수는 없지만, 고작 4년 화학 공부를 했다고 20년을 화학을 위해 일을 할 필요는 없지 않은가? 화학과 관련되지 않은 다른 직업을 선택한다고 했을 때 내가 배운 전공 지식이 아깝다고 말하는 사람들이 있을 것이다. 하지만 지식이라는 것이 꼭 유용하게 쓰였을 때만 가치 있는 것일까? 우리가 책을 읽으면서 즐거움을 느끼고, 영화를 보면서 재미를 느끼듯이, 내가 화학을 공부하면서 배움의 재미를 느꼈다면 그것으로 충분하다고 생각한다.

대학에서는 전공 지식만을 공부하는 것이 아니다. 전공만큼 중요한 것이 교양이다. 과목으로서의 교양이 아닌, 보통 우리가 생활 속에서 쓰이는 '교양'이라는 단어의 뜻은 '문화에 대한 폭넓은 지식'이다. 대학교에서 배우는 교양 지식은 과목을 따지지 않고 모두 우리가 사회에 나가서 문화에 대한 폭넓은 지식을 가진 교양인으로서 살아가는 데 도움이 될 것이다. 특히 〈영어회화〉나 〈컴퓨터와 활용〉 같은 경우는 우리가 직장에 들어가서, 혹은 사회에 나가서 조금이라도 직·간접적으로 우리에게 도움을 줄 것이다. 그런데 우리 학교에서 문제되는 과목 중에 하나가 〈현대인과 성서〉이다. 우리 학교는 기독교 학교이다. 따라서 〈채플〉 말고도 〈현대인과 성서〉라는 과목을 듣지 않으면 졸업이 되지 않는다. 이 부분에서 학생들 사이에 불만이 많은 것으로 안다. 나 또한 기독교인이 아니기 때문에 이 수업시간이 정말 싫었다. 하지만 지금 생각해 보면 1학기때 〈현대인과 성서〉를 듣지 않았더라면 나는 평생 기독교에 대해 제대로 접해볼 기회가 없었을 것이다. 기독교가 지구의 3대 종교 중 하나인데, 나는 관심이 없다는 이유로 기독교에 대해 거의 무지했다. 그 교양을 들었던 시간은 기독교에 대해 알 수 있는 좋은 기회였다고 생각한다. 그리고 지금 내가 듣고 있는 교양 중 하나는 〈영상예술의 이해〉다. 이 시간에는 영화를 보고 영화에 대한 내용을 이야기해 보고, 영화 속의 카메라 기법 등과 같은 영화에 관련된 지식을 배운다. 평소 영화 보는 것을 좋아하는데 수업시간에 영화도 보고, 영화에 대해 이론적으로도 알 수 있어서 좋다. 이렇게 학교에서 배우는 교양 수업 중에 필수 교양은 우리에게 정말 필요해서, 혹은 관심이 없더라도 접할 수 있게 해주어서, 선택 교양은 내가 배우고 싶은 것을 배울 수 있어서 나에게 큰 도움을 준다.

대학에서 내가 배우는 것은 지식적인 면만 있는 것은 아니다. 살아가면서 좋은 인간관계를 형성하는 것 역시 어떠한 지식 못지않게 중요하다. 우리가 사회에 나가거나 새로운 공간에 가게 되면, 맨 처음 겪는 일이 새로운 사람과의 관계를 맺는 일이다. 대학교에 와보니 세상에 참 다양한 사람들과 교류할 수 있었다. 어렸을 때는 그냥 자연스럽게 사람들과 친해지고 인간관계 형성을 할 수 있었던 것 같다. 하지만 커서 보니 사람과 어떠한 관계를 맺는다는 것은 정말 어려운 일이다. 어떤 일이든지 연습을 많이 할수록 좋다고 생각한다. 사람을 어떻게 대해야 하는지, 어떻게 배려를 해야 하는지, 내가 사회 속의 한 인간으로서 어떤 점은 장점이지만 어떤 점을 고쳐야 할지, 나는 대학에서 잘 배우고 있다.

그리고 우리는 대학생이기 때문에 대학생으로서 누릴 수 있는 특권이 많다. 이를테면 공모전에 참가한다든가, 서포터즈로 활동한다든가, 또는 봉사 활동을 하는 등 여러 가지 경험을 할 수 있다. 이러한 것들은 대학생이 아니면 하기 힘든 소중하고 값진 경험이다. 아직 나는 하고 싶다는 생각만 하고 있지 열심히 이런 저런 경험을 한 것은 아니다. 그래서 앞으로 대학을 졸업하기 전에 좀 더 다양하고 많은 경험을 쌓고 싶다.

대학을 입학한 지 얼마 되지 않은 것 같은데 벌써 추운 겨울이 다가오고 있다. 지금까지의 나의 대학생활을 돌아보면 나름 충실하게 공부하고 열심히 즐겼다고 생각한다. 졸업한 후 대학 시절을 회상하면 언제나 웃을 수 있고, 추억할 거리가 많을 수 있도록 학교생활을 재밌게 보내고 싶다. 그리고 공부도 열심히 해서 앞으로 사회에 꼭 필요한 일을 하는 사람이 되고 싶다.

문학공부를 할 수 있어서 좋아

김수빈 | 국어국문 11학번

　어릴 적 나의 꿈은 화가였다. 하지만 나에겐 부모님 반대를 꺾고 미술에 전념할 만한 재능도, 패기도 없었다. 그래서 몰래 그림을 그렸다. 나는 실체를 보고 그림을 그리지 않고 내 머릿속에 있는 것을 그렸기 때문에 표현력에 관심이 많았다. 이 때문에 문학에도 관심이 많았다. 과거에는 누군가가 나를 알아주어서 학력에 관계없이 그림을 그리고 문학을 할 수 있으리라 생각했다. 하지만 나는 지금 대학에 와 있다. 무엇보다 살 길이 막막했기 때문이다.

　사실 나는 대학에 가지 않고 어떤 직업을 가질 만큼 다른 것에 뛰어난 재능이 있지도 않았고, 흥미도 없었다. 이런 나의 생각을 반증이라도 하듯 대부분의 기업 취업의 기본 조건은 대학 졸업이다. 그렇다고 일반계 고등학교를 나온 나는 전문계 고등학교 친구들처럼 전문적인 기술도 없었기에, 대학에 오지 않으면 돈을 벌 수 있는 방법이 없었다. 당시 88만원 세대 같은 말들이 유행했기에 대학을 나와도 취업이 힘든데, 대학을 나오지 않으면 경쟁이 아예 되지 않겠다는 경각심이 있었다. 이런 경각심은 부모님의 영향도 컸는데, 부모님은 두 분 다 고등학교 졸업장을 뒤늦게 받으셨다. 아버지는 학력과 관계없는 일을 시작하셨고 어머니는 주부의 삶을 사셨다. 어머니는 아버지께서 학력과 상관없이 몸을 사용하는 직업에서 일하시는 것에 연민을 느끼신다. 어머니는 아버지께서 학력이 낮기 때문에 힘든 일을 당연히 할 수밖에 없다고 생각하신다. 이는 나에게 많은 영향을 끼쳤다. 이 때문에 나에게는 대학을 무조건 가야 한다는 생각이 있었다. 수시 지원을 할 때 나는 ○○대학교 주거환경과를 지원했었다. 지금 생각하면 합격했어도 문제였지만, 당시에는 그런 생각조차 하지 못했다. 하고자 하는 일보다 취업과 미래가 나에게 더 큰 중압감을 주었기 때문이다.

나에게는 대학에 와야 하는 또 다른 이유가 있었다. 나는 문학에 관심이 있어서 국문과에 왔지만, 과거 국어 성적은 그다지 좋지 않았다. 선생님들이 요구하는 감상의 선을 늘 넘었기 때문이다. 어떤 문학 작품을 봐도 적당히 볼 줄 몰랐다. 어떤 시가 너무 마음에 들어 그 시에 대해 깊이 알고 난 다음에 시험을 치르는데, 정작 시험에는 서술형 문제로 시구 중에 고작 한 단어의 의미를 물어본 기억이 난다. 그 때마다 난 내 생각과 감상들이 쓸모없다는 생각에 부딪혔다. 그래서 나는 대학에 온 것이 기쁘다. 내 생각을 부끄러워하지 않아도 되기 때문이다. 이곳은 내가 좋아하는 일에 자부심을 가질 수 있고, 내가 좋아하는 분야에 몰두해도 창피하지 않다. 이 때문에 대학생들은 자신의 꿈을 확인하고 떳떳할 수 있다. 호밀밭의 파수꾼 같은 진짜 꿈을 꿀 수 있는 것이다.

대학은 또 나를 사회 구성원으로 준비시켜주기도 한다. 고등학교 시절, 두발에 대한 문제로 학생회 간부들과 교장 선생님, 교감 선생님 등이 함께 모인 적이 있었다. 당시에 여학생 머리가 귀밑 10cm인 것에 반대하는 사람은 손을 들라고 했는데, 아무도 손을 들지 않았다. 나는 이러한 어설픈 민주주의가 답답한 적이 많았다. 그런데 대학에 와서 내가 처음 마주친 것은 등록금 인상에 대한 학생회의 단식 투쟁이었다. 나는 고등학생과 대학생이 나이 차가 얼마 나지 않지만, 무언가를 정당하고 비폭력적인 방법으로 요구하는 대학생들의 용기에 놀랐다. 또한 학생들의 행동이 고등학교에서는 선생님들께 꾸지람 받는 것으로 끝났을 텐데, 대학에서는 이것이 민주적인 행동으로 받아들여지고, 또 이를 검토하는 방식들도 나에게 권리가 있다는 자각을 가능케 했다. 대학은 우리에게 복지에 대해 말할 수 있고, 권리를 요구할 수 있도록 기회를 준다. 이를 통해 대학은 우리를 민주적인 사회 구성원으로 성장시켜준다.

그런데 이보더 더 중요한 것은 학생들의 우선 순위이다. 대학에 와야 하는 이유는 너무나 많지만 가장 첫 번째 이유가 무엇이냐가 중요하다. 그저 취업을 위한 것인지, 아니면 자신이 흥미 있는 것을 배우기 위해서

인지 말이다. 취업만을 위해서 대학에 온 친구들을 무어라 판단할 순 없지만, 그런 친구들이 자신의 선택에 자부심을 가졌으면 좋겠다. 그러나 이 문제는 개인 스스로의 노력뿐 아니라 사회가 밑받침을 해주어야 한다. 인문학을 배우며 꿈꾸듯 공부하는 사람들을 무시하고 인문대 규모를 축소시키는 것들 말이다. 사회 분위기가 첨단 기술을 장려한다고 해도 우리 대학만큼은 이를 역행할 강한 꿈을 가진 인재들을 장려했으면 좋겠다. 나의 경우 주변에서 전과 권유도 많이 들었지만, 취업이 힘든 과라고 해서 좋아하는 일을 무시하는 괴로운 일은 하고 싶지 않았다. 좋아하는 문학을 계속 공부하는 용기를 냈다는 사실에 자부심을 가질 것 같다. 이것에 나는 만족한다.

생명과학 연구원을 꿈꾸며

김가람 | 의생명시스템 11학번

미국의 철학자 존 듀이는 교육을 이렇게 정의했다. "Education is not a preparation for life. Education is life itself." '교육이란 삶의 준비과정이 아니다. 교육은 그 자체가 삶이다.'라는 뜻이다. 우리는 초등, 중·고등학교 12년 동안 머릿속에 차곡차곡 담아왔던 것들을 다시 대학에서 쏟아내어 그것들을 재조합하고 변형시키는 방법을 배운다. 대학 교육 이전 12년 동안은 삶의 가장 기본을 배우고, 대학 교육을 통해 응용과 실천을 배우게 된다. 이렇게 모든 교육은 그 나름대로 중요한 역할을 하고 있으며, 모든 것이 내 삶을 이루게 된다. 그 중에서도 현재 내가 위치하고 있는 대학이라는 곳에서 공부를 하는 궁극적인 이유는 무엇일까?

어릴 때부터 내 꿈은 한결같이 과학자였다. 특히 생명과학 분야에 목표를 두고 있던 나는 생명과학 연구원을 꿈꾸며 현재 숭실대학교 의생명시스템 학부로 진학하였다. 물론 흥미만을 중시해서 섣불리 선택한 것은 아니다. 오랜 시간 많은 사람들과 상의를 하며 내가 정말 원하는 학과, 앞으로 내가 꿈을 펼칠 수 있는 전공을 선택하였다. 이렇게 대부분의 학생들이 자신의 삶의 목표를 기준으로 하여 전공을 선택하였을 것이다. 왜 이토록 전공을 신중히 생각하여 결정해야 하는 걸까? 전공은 앞으로 내가 나아가야 할 삶의 지표가 되기 때문이다. 대부분 학생들은 자신의 전공을 살려 취업하는 것을 원하며, 그것을 성공적인 취업이라 생각한다. 그만큼 생명과학 연구원의 꿈을 가진 나에게 전공공부란 궁극적으로 안정적이고 성공적인 취업을 위한 가장 중요한 부분이라 할 수 있다.

나의 꿈을 예로 들어 전공공부의 중요성과 효용성을 따져보자면, 1학년 때 배우는 일반생물 또는 일반화학 등의 다소 기초적인 전공 과목은 실제로 연구원으로 활동하면서 다양하고 세부적인 연구대상을 연구하는 데 기반이 된다. 아무런 기초 상식이 없다면 연구를 진행할 때 큰 차질이 생길 뿐 아니라, 그 이전에 연구원으로 발탁될 기회조차 생기지 않을 것이다. 또한 2학년 때는 전공 선택 과목들인 〈미생물학〉, 〈생물정보개론〉, 〈생화학〉, 〈구조생물학〉 등은 기초 전공 과목을 바탕으로 하여 심도 있게 배우게 된다. 이 과목들은 연구원으로 일하면서 가장 크게 도움을 주게 될 것이다. 만약 인류 최대 관심사인 줄기세포에 대해 연구하려면 기초 전공 과목인 〈일반생물〉은 물론 심화 전공 과목인 〈생물정보개론〉, 〈유전학〉 등이 필수적으로 뒷받침되어야 한다.

　이렇게 꾸준히 전공 과목을 공부하여 연구원이 되었다면 모든 것이 완벽하다고 할 수 있을까? 연구원이든 교사든, 변호사든 전문 분야의 지식만큼 중요하게 요구되는 것이 바로 사회생활에서의 자신의 역량이다. 대학을 졸업하게 되면 더 많은 사람들과 더 많은 문제들을 맞닥뜨리게 되는데 이 부분은 결코 전공 공부만으론 해결할 수 없다. 그래서 우리는 대학에서 교양 과목을 공부하게 된다. 우리는 교양 과목을 통해서 전공 과목에서는 배울 수 없는, 좀 더 사회적인 부분을 배울 수 있다. 사회생활에서 많은 사람들과의 의사소통이 중요한 만큼 〈의사소통기법〉, 〈토론과 커뮤니케이션〉 등 의사소통을 전문적으로 공부할 수 있는 과목들이 존재하고, 글로벌 시대에 걸맞게 다양한 언어 과목도 있어 외국어를 손쉽게 배울 수 있다. 그중에서도 나는 현대사회에서 빠지지 않는 이슈인 윤리적인 문제를 다루는 교양 과목에 대해 말하고자 한다. 내가 일하려고 하는 생명과학 분야에선 생명과 관련된 많은 윤리적인 문제를 고민하게 되는데, 전공 지식만으론 해결할 수 없는 이러한 부분을 교양 과목을 통해 배우고 깊게 생각해 볼 수 있게 된다. 특히 이번 학기에 수강 중인 〈영상으로 보는 생명윤리의 이해〉라는 교양과목은 나에게 너무나 큰 도움이 되었다. 나는 이 수업을 통해 안락사, 인간복제, 유전자 조작 등 다양한 생명윤리 문제를 공리주의, 윤리학적 주관주의 등의 시각에서 다원적으로 사고하며, 많은 사람들과 토론하며 끊임없이 생각의 고리를 연결해 나가는 방법을 배울 수 있었다.

엊그제 입학한 것만 같은데 벌써 1학년 마무리 단계에 와 있다. 앞으로 배울 다양한 전공, 교양 과목들이 나의 생각과 신념에 어떻게 영향을 줄지 모르겠지만 현재로서는 생명과학 분야 특히, 유전학 분야의 연구원을 목표로 하여 공부를 하고자 한다. 또한 대학생활을 하는 동안 단순히 지식을 습득하는 데 머무르지 않고, 좀 더 인간다운 삶을 살기 위해 다양한 사고 능력을 기르고, 사람들과 부대끼며 사는 법을 배우려고 한다. 내년부터는 틈틈이 봉사활동을 할 것이고, 내 손으로 돈을 벌고 그 성취감을 느끼고 싶다. 대학공부는 물론이거니와 다양한 활동을 통해 앞으로의 나의 삶을 좀 더 윤택하게 만들기 위해 노력하는 사람이 되고 싶다.

'작은 나'의 길 찾기

안선경 | 글로벌미디어 11학번

　2011년 3~8월은 내 인생에서 내적으로 가장 방황이 많았던 시기이다. 이렇게 말하면 어떤 사람은 수험생 기간에 가장 방황을 하지 않았느냐고 반문도 하겠지만 나는 단연코 내 대학교 신입생 첫학기인 2011년 3~8월이라고 말할 수 있다. 대학교 1학년 1학기 초는 작은 내가 견디기 너무 힘들었다. 여기서 '작은 나'라고 표현한 이유가 따로 있다. 높은 건물들이 즐비하고 몇백만 명의 유동 인구가 밀집되어 사는 서울에 사는 내 자신이 한없이 왜소하게 느껴졌기 때문이다.

　나는 학창 시절 작은 동네에서 자라면서 오랜 시간 소수의 마음 맞는 친구들과만 지냈으며, 한 번도 부모님 곁에서 떠나 살아본 적이 없었다. 그래서 보는 것이 우물 안의 개구리처럼 좁았다. 고등학생이 되어서는 3년간 '대학입학'이라는 목표를 정하고 1분 1초를 금같이 여기며 치열하게 공부를 하였다. 숭실대 합격 통보를 받고서는 대학 입학 전까지, 그동안 못 했던 것들 다 하자는 마음으로 맘껏 놀았다. 드디어 3월이 되어 대학에 입학했는데, 내 마음엔 표현할 수 없는 허무함이 밀려들었다. 3년 간 바짝 긴장하고 있던 세포들이 마치 끈이 끊어져 바닥에 널브러진 구슬이 된 것 같았고, 그 구슬을 꿰는 것은 더 이상 의미 없다는 생각이 들었다. 난 그토록 원하던 대학 입학과 동시에 인생의 목표를 잃어버린 것이다. 그때 내가 무엇을 위해 대학에 왔는지 많은 고민도 하고 부모님과도 이야기를 많이 나눴다.

아마 내가 대학을 온 이유 중 가장 큰 비중을 차지했던 것은 '주위 시선'이었을 것이다. 그래서 막상 따갑지 않을 정도의 주위 시선을 느꼈을 때 마주한 불투명한 나의 진로가 그동안 나를 힘들게 했다. 얼마 전 2012년 수능이 치러졌다. 하지만 안타깝게도 수능 전 잇따른 자살 소식이 들려왔다. 1년 먼저 수능을 본 선배로서 자살 소식은 너무 안타까웠다. 속으로 '대학이 다가 아닌데… 막상 와보면 생각이 바뀔 텐데…'라고 생각했다. 1년 전 내 모습을 생각했다. 그때 난 순전히 내 꿈을 이루기 위해 공부한 건 아니었다. 서울권에 있는 대학을 가야 취직을 잘하고, 여자도 어느 정도 학벌이 되어야 좋은 집안에 시집을 갈 수도 있고 어디서 뭘 하든 사람대접을 받을 수 있다는 주위 시선이 부담이자 동력이었던 것이다. 그 학생도 아마 주위 시선을 견디기 힘들어 자살을 택한 것이 아닐까라고 생각해본다.

나도 수험생 때 주위 시선을 견디기 힘들었다. 들쑥날쑥한 성적에 정확히 정해진 진로도 없는 나에게 무조건 "인 서울, 인 서울!"을 외쳐대는 학교 선생님과 과외 선생님이 원망스러웠다. 하지만 선생님들의 말씀이 틀린 말이 아니라는 점을 나는 곧 수긍을 하였고 공부를 했다. 서울로 대학을 다녀보니 선생님들이 하신 말씀의 의도를 알 것 같다. 우선 서울 소재 대학은 기회가 많다. 문화생활을 즐길 환경도 잘 마련되어 있으며 인턴, 서포터즈 등 다양한 경험을 하기 쉽다. 물론 지방 대학이 나쁘다는 것은 아니다. 다만 환경적인 조건에서 수월하다는 것이다. 나는 서울에 와서 환경과 시대에 발 빠르게 적응하는 능력을 배웠다.

나 같은 경우는 학부의 과목 특성상 창의적인 면을 많이 요구받기 때문에 직접 보고 배워야할 것들이 많다. 서울 곳곳을 돌아다니면 창의적인 인테리어, 디스플레이, 광고 등을 쉽게 볼 수 있다. 일상에서도 소소하게 배우는 경험들을 할 수 있는데 이것이 내 대학공부의 흥미를 돋우었다. 대학에 와서 길을 잃었다고 생각했는데 생각을 바꾸고 현실을 즐기다 보니 다양한 공부를 할 수 있다는 점이 감사하고, 발 빠르게 변화하는 시대에 적응하는 것이 재밌어졌다. 중·고등학교 시절 학교 안에서 각박하게 교과서라는 틀 안에서 오밀조밀 공부하는 것과 달리 대학은 자유롭게 생각하게 하며, 더 넓은 세상을 바라보게 하는 눈을 갖도록 해주었다.

나는 최근 광고 영상에 관심을 갖기 시작했다. 이것도 내 학문적 호기심을 돋우어 주었고, 다양한 활동을 할 수 있도록 지원해주었다. 우리 학부에 〈미디어 제작〉이라는 과목이 있다. 이 강의 시간에는 창의적이고 재밌는 사진, 사람들에게 울림을 주는 사진, 비수를 꽂는 사진, 반성을 하게 하는 사진 등 다양한 사진을 보여주며 함께 생각하고 의견을 말하는 것에 중점을 둔다. 이 수업은 나의 호기심을 자극하고, 생각의 깊이와 넓이를 확충시켜 주었다. 또한 다양한 랩실 활동, 멘토-멘티제, 소모임 활동 역시 친목 도모와 함께 관심 분야에 대해 함께 공유하고 경연도 참여하며 경력을 쌓을 수 있는 기회가 되었다.

나는 숭실대학교에 입학한 후, 학교의 효과적인 커리큘럼과 다양한 제도 덕에 슬럼프를 극복할 수 있었다. 어떤 사람은 대학을 사람 취급 받기 위해 간다고 한다. 또 어떤 사람은 어차피 막상 취직하고 나면 본인 전공 살려 취직하는 사람 얼마 없다며 학교의 이름을 보고 가라고도 한다.

난 정말 이해할 수 없다. 대학생활 4년은 결코 짧은 시간이 아니다. 이 시기는 사회에 진출하기 전 기본기를 가다듬는 기간으로, 그런 시기를 그저 이름민 보고 원치도 않는 학과에 입학하여 청춘을 소비하는 것은 어리석다고 본다. 나는 경쟁이라는 단어를 떠나서 모든 청춘들이 대학에 와서 자신의 꿈을 위해 다양한 생각을 갖고 다양한 경험을 했으면 좋겠다. 모두 건강한 꿈을 갖는 청춘이 되어 나라를 이끌어갈 좋은 인재가 되길 원한다. 진심으로. 그것이 요즘 부쩍 혼란스러워진 우리나라를 바로잡을 좋은 방법 중 하나라고 생각한다.

또 내가 느낀 것은 대학생은 무모한 패기와 도전도 용서가 되는 신분이라는 것이다. 그래서 대학생이라는 본분으로 이전에도 못 했던 일, 이후에도 못 할 일들을 패기있게 이뤄가길 원한다.

잘 먹고 잘 살려고

이양지 | 국어국문 11학번

갓난아기에게 세발 자전거를 선물하면 어떨까? 그 아기에겐 자전거를 타는 것보다 당장 뒤집기와 걸음마가 우선일 것이다. 아프리카 밀림의 원주민들에게 USB를 준다면? 그들에게 USB는 배를 채우지도 못하고 사냥에도 도움이 되지 않는, 그냥 작은 플라스틱 덩어리일 뿐이다. 마찬가지로 예전에는 대학 교육을 받을 필요성이 적었다. 당장에 내 배가 고프고, 내 새끼가 배가 고파 보채는 마당에, 학문? 교양? 턱도 없다. 사회가 발전함에 따라 '배부르고 등 따신 것'이 채워지면서 우리는 좀 더 질 높은 삶을 원하게 되었다. 정신적 웰빙에 대한 욕구가 커진 것이다. 물론 아리스토텔레스, 플라톤이 살던 시절에도 학문이 있었지만 그때에 비해 지금이 월등히 교육기관도 많고 학문이 발달된 것이 사실이다.

그렇다면 정말로 학생들이 학문을 위해서 대학에서 공부를 하는 것일까? 그것만이 이유라면 굳이 서울에 있는 대학을 고집하는 현상이 일어날 이유가 없을 것이다. 얼마든지 집에서 가깝거나, 학비가 조금 더 싸다거나, 혹은 유능한 교수님이 있는 학교를 찾아갈 수도 있을 것이다. 아니면 혹시 취업 때문일까? 나도 대학을 다니는 이유 중에 취업이 가장 큰 비중을 차지할 것이라고 생각했다. 하지만 많은 연예인들이 연예인 특례를 받으면서까지 입학을 하고, 나이가 들어서 대학을 다니는 사람들을 보면 또 취업만이 이유는 아닌 것 같다.

누가 나한테 이런 질문을 한다면 난 제대로 대답을 못 할 것 같다. 왜냐하면 내 대답은 바로 '잘 먹고 잘 살기 위해'이기 때문이다. 너무 현실적이고 속물인 것처럼 들릴지도 모르지만 내 솔직한 대답은 이렇다. 물론 경제적인 부분만 말하는 게 아니라, 정신적으로도 안정되기를 원한다. 또 내 인생의 최종 목표인 '행복한 가정'도 여기에 포함된다. 내가 고등학교에 입학하고 재수를 할 때까지 우리 아빠가 늘 하시던 말씀이 있었다. 좋은 대학에 들어가야 내가 선택할 수 있는 폭이 넓어진다고. 딸이 공부를 잘했으면 하는 아빠의 마음을 알고 있었지만, 난 그때마다 잔소리를 듣기 싫은 마음에 여자는 시집만 잘 가면 그만이라고 괜히 투정을 부렸다. 마음은 그게 아닌데 말이다. 주변에서 누구 이모, 누구 사촌 언니가 딱히 내세울 것 없는 학벌과 직업인데도 남편을 잘 만나서 잘 살고 있다는 얘기를 듣거나 재벌가의 아들이 연예인이나 정말로 예쁜 여자들과 결혼을 하는 것을 보면 솔직히 부럽긴 하다. 하지만 난 바보가 아니다. 그런 일들이 현실적으로 극히 드물게 일어나는 일이며, 또 그 결혼의 결과가 늘 좋게 끝나지만은 않는다는 것을 난 알고 있다. 그렇기 때문에 나는 그런 로또를 바라기보다 스스로 내 가치를 높여야 된다고 늘 생각하고 있다.

그래서 대학을 다닌다. 내 가치를 높일 수 있는 첫 단계가 대학이기 때문에. 나는 어릴 때부터 꿈이 선생님이었다. 초등학교 선생님도 좋고 중·고등학교 선생님도 좋았다. 중·고등학교 선생님은 특정 과목을 담당하는데, 나는 문과 계열의 국어, 영어, 사회 같은 과목의 선생님이 하고 싶었다. 그러던 중, 고등학교를 우연히 외고로 진학하게 되면서 영어뿐 아니라 중국어에도 관심이 많아졌다. 더 혼란스러워졌다. 국어 선생님도 하고 싶고, 영어 선생님, 사회 선생님, 이제는 중국어까지 더해졌다. 이런 복잡한 상황에서 대학 진학을 국어국문학과로 함으로써 한 가지에 집중할 수 있고 미래를 좀 더 뚜렷하게 계획하게 된 것 같다. 대학 진학이 끝이자 목표인 것이 아니라, 대학부터가 진짜로 시작이라고 말하는 것을 이제야 조금 이해할 것도 같다.

재수할 때까지만 해도 대학교에 들어가면 모든 고민이 해결될 줄 알았다. 다 해결되진 않더라도 적어도 지금 하고 있는 수능 공부에 대한 스트레스에서 벗어날 수 있다는 그 자체만으로도 좋을 것 같았다. 재수를 해 본 사람들은 그 압박이 현역 고3 수험생들보다 얼마나 더한지 알 것이다. 그런데 막상 와 보니 내가 하고 있던 고민들은 바로 앞에 닥친 소소한 문제 정도였다는 걸 깨닫게 되었다. 마냥 술을 마시면서 젊음을 즐기고 노는 것만이 대학의 전부가 아니었다. 이제부터는 성인이자 사회인으로서 자신의 인생을 꾸려나가야 한다. 고등학교 때까지가 공부를 위한 공부였다면, 지금부터는 내 인생을 위한 공부의 시작이다. 불과 몇 개월 전만 해도 담임 선생님, 부모님의 그늘에서 공부하던 우리가 이제는 스스로 차곡차곡 자기 앞일을 준비해야 된다는 것이 두렵고 걱정스럽다. 책임감도 더 느껴진다.

그래도 나는 비교적 첫 단추를 잘 끼워 넣은 것 같다. 학교도 내 성적으로는 과분한 곳을 왔고, 과도 적성에 썩 잘 맞는다. 무슨 일이든 시작이 반이라고 하니 뿌듯하다. 이제 그 다음으로 중요한 것은 교직 이수를 할 수 있는가에 달려 있다. 앞에서도 말했듯이 '잘 먹고 잘 살기 위해'서는 내 가치를 높여야 하는데, 그 방법으로 나는 선생님이 되기를 택했다. 선생님이 되면 '행복한 가정'을 이루는 데도 한발 가까워질 거라고 생각한다. 부부 교사가 내 꿈이기 때문이다. 10년 뒤 나의 모습이 남편과 아이들과 방학을 함께 보내며 여행도 다니고 단란하게 지내는 그런 그림이면 좋겠다. 지금 우리 가족처럼, 남들보다 크게 잘 살기보다 모자람 없이 평범한 가정에서 화목하게 도란도란 지내고 싶다.

정말 대학 공부를 잘 소화해 선생님이 되면 좋겠다. 그럼 지금까지 엄마 아빠를 보고 몸소 배운 것이 바탕이 되어 좋은 가정을 만드는 것은 어렵지 않을 것 같다. 이것으로 내가 대학을 다니는 이유가 충분히 의미 있는 일이라고 생각한다. 물론 그 과정에서 실수가 있을 수도 있고, 계획과 다르게 살게 될지도 모른다. 하지만 결국 대학에서 배우는 것은 같고 그것을 어떻게 활용하느냐에 달려 있기 때문에, 선생님이 되지 못하더라도 또 다른 분야에서 활약할 수 있을 것이라고 믿는다.

세상을 바라보는 작은 구멍

최미래 | 사회복지 07학번

　스물한 살, 대학에 갓 입학해 풋풋한 새내기였던 내가 벌써 금년 2월에 졸업을 앞두고 있다. 휴학했던 1년까지 합한다면 벌써 5년의 시간이 지났다. 강산이 변한다는 10년의 절반에 해당하는 시간이다. 강산이 절반 정도 변했을 이 5년 동안 과연 나는 무엇을 배우고 느끼고 얻었을까?

　나도 대학에 입학하기 위해 주변 돌아볼 겨를도 없이 앞만 보고 달리던 때가 있었다. 대략 석 달 전 치러진 수능 시험 현장을 뉴스로 보면서 새삼 그 때의 떨림과 긴장감을 회상해 볼 수 있었다. 지금은 웃으며 추억으로 떠올리지만, 다시 돌아가라고 한다면 나는 사양하겠다. 그 때에는 앞뒤 재지 않고 그저 공부에만 전념했다. 아니, 전념해야만 했다. 명문대에 들어가지 못하면 뒤처지고, 대학이라는 첫 단추를 잘못 끼우면 앞으로의 미래도 줄줄이 잘못 끼워질 것이라고 생각했다. 고등학교 시절

나의 장래 희망은 '명문대 대학생'이었다. 명문대의 대학생이 되면 부와 명예는 자연스럽게 뒤따르고, 핑크빛 미래만이 나를 기다릴 것이라고 생각했다. 학과는 그다지 신경 쓰지 않았다. 고등학교 때까지 쭉 이과였던 내가 사회복지학과에 진학하게 된 것만 보아도 알 수 있다. 내가 대학에 입학했을 쯤, 나의 학과에 대해 알고 있었던 것은 "전망 있는 학과", "앞으로 발전할 가능성이 많은 학과"라는 정도였다. 이 정보의 출처는 다름 아닌 '엄마 친구'다.

내가 원하고 선택한 학문이 아닌 만큼, 대학에 들어와서 처음 사회복지를 접하게 되었다. 이제까지 '사회복지'라는 게 그저 남을 돕는 '좋은' 일인 줄로만 알았지 어떠한 지식과 정보도 없었던 나에게 대학에서 배우는 것들은 그저 생소하고 신기할 뿐이었다. 많은 사람들이 이야기하는 '점수 맞춰 대학 온 사람', 그것이 바로 나였다. 나는 전공 공부에 아무런 관심도, 흥미도 느끼지 못했다.

그러나 경험한 것과 경험해 보지 않은 것의 차이는 실로 컸다. 사회복지 이론에 대해 배우고, 교수님들의 생생한 경험을 듣고, 또 실습 등의 활동을 통해 그 현장을 직접 체험해 보니 사회복지를 바라보는 시각이 달라졌다. 그리고 관심이 생겼다. 그때부터 세상을 사회복지적인 시각으로 바라보는 것이 재미있고 흥미로웠다.

대학에서의 생활은 세상을 바라보고, 간접 체험할 수 있는 것이었다. 대학은 마치 세상을 향해 뚫려있는 작은 구멍과 같았다. 고등학교 때까지의 나는 사회와 단절된 깜깜한 방안에서 '입시 공부'를 해왔다. 하지만 대학에 입학하자 곧 깜깜한 방안에 세상으로 통하는 하나의 구멍이 생겼다. 구멍을 통해 바라 본 세상은 너무 크고 광활했다. 나는 그 작은 구멍을 통해 세상을 살펴보며 이것저것 배워나갈 수 있었다. 세상을 바라볼수록 그 곳이 두렵게 느껴지기도 했지만 용기도 생기고, 조금씩 자신도 생겼다. 구멍 밖의 세상을 향해 나갈 나의 모습을 상상해보기도 했다. 구멍은 사람마다 다르게 나타난다. 나의 구멍에는 '사회복지'라는 렌즈가 끼워져 있었기 때문에 나는 사회복지적인 시각으로 세상을 바라보게 되었다.

이렇게 나는 4년 동안 대학에서 사회복지에 대해 배우고, 체험하고, 느끼면서 사회에 나가기 위한 준비를 해왔다. 이런 준비 없이 깜깜한 방안에서 문을 열고 바로 세상 밖으로 나왔다면 눈이 부셔 눈도 잘 뜰 수 없었을 것이고, 세상이라는 거대한 규모와 위압감에 압도당해 주저앉아버렸을지도 모른다. 하지만 4년 동안의 대학생활을 통해 나는 사회로 나갈 수 있는 용기와 자신을 얻었고, 준비가 되었다.

취업을 위한 학원이 사회와 소통하는 '구멍'의 역할을 대신할 수도 있다. 하지만 내가 대학에서 배워온 것들은 비단 '취업'과 관련된 것만은 아니었다. 물론 취업을 위한 것들을 배우기도 하지만 그 분야의 전문가로 계시는 여러 교수님들의 생생한 경험과 연륜, 그 전문성에 대한 지식은 취업 학원에서 배우는 것과는 차원이 다른 것이다. 취업을 위한 현실의 공부와 함께 '사회를 살아가면서 필요한 지혜'를 얻게 되는 귀중한 시간이다. 또한 전공 과목뿐 아니라 다양한 교양 과목들을 통해 그야말로 '교양을 갖춘' 사람이 될 수 있고, 다방면에 걸친 교수님의 강의를 통해 사회를 바라보는 다양한 눈을 가지게 된다. 사회 전반에 대한 이해도 키울 수 있다. 전공 학문에 치우쳐 사회를 바라보기 쉬운 점을 보완하여, 사회를 바라보는 시각의 균형을 맞추어 준다.

내가 대학에 와서 참 좋았다고 느끼는 것 중의 하나가 바로 '사람'이다. 고등학교 시절까지 나의 인맥은 '우리 지역'에 한정되어 있었다. 집안 환경도 비슷하고, 자라온 배경도 비슷하다. 물론 생활 패턴도 비슷하고 생각하는 것마저 비슷한 친구들이었다. 마치 또 다른 나를 보는 듯한 친구들. 하지만 대학은 달랐다. '숭실대학교'라는 소속 하에 전국 방방곡곡의 사람들이 모여 들었다. 그들은 나와 생각하는 방식이 달랐고, 자라온 배경도 달랐기 때문에 그들에게서 나는 '다르게 사고하는 방식'을 배웠다. 또한 나는 그들에게서 깊은 뜻을 가진 미래의 사회복지사를 보았으며, 사명감과 열정을 지닌 능력 있는 인재들을 보았다. 이들의 열정과 배우고자 하는 마음은 내 마음 속 깊은 곳에 무언가를 움직이게 만들기 충분했다. 훌륭한 동기(同期)들은 내게 굉장한 동기(動機)를 유발하였다.

최근에는 고등학생들의 대학 진학률이 떨어지고 있다고 한다. 그리고 입시 위주의 고등학교가 아닌, 미리 사회를 경험하기 위한 다양한 대안

학교가 세워지고 있다. 물론 대안 학교가 '세상을 바라보는 작은 구멍'으로서의 역할을 잘 할 수도 있고, 그렇지 않을 수도 있다. 사실 내가 가보지 않은 길이기 때문에 직접적으로 좋다, 나쁘다고 평가할 순 없다. 단지 상상하고 생각만 해 볼 뿐이다. 나는 오직 내가 걸어 온 길에 대해서만 알고 있다. 만약 누군가 나에게 "대학을 가지 않고 좀 더 일찍 사회를 경험하는 사람들이 많이 늘어나는 추세인데, 대학에서 4년 동안 공부해 온 시간에 대해 후회하지 않느냐?"라고 물어본다면, 나는 단호히 대답할 수 있다. "후회하지 않는다."고. 나는 나의 대학생활에서의 배움과 경험들이 앞으로 나의 인생에 있어 커다란 버팀목이 될 것이라고 생각한다.

즐길 수 있는 일을 찾고 싶어

김송빈 | 국어국문 11학번

　내가 대학 교육을 받는 이유는 무엇일까? 일단 지금 나의 대학 생활에 대해 생각해 보았다. 즐겁다. 가장 먼저 든 생각은 바로 즐겁다는 것이었다. 대학에 입학한 지도 벌써 반 학기가 지났다. 새로운 생활에도 익숙해질 만큼 익숙해졌으며 영원할 것만 같던 입시도 어느샌가 잊혀진 지 오래다. 가끔 과제에 시달리기도 하지만 선배들에 비하면 새 발의 피일 테고, 고등학생 때는 과제를 하다 밤을 새보는 것도 대학생이 되면 해보고 싶었던 일들 중 하나이니 이건 그다지 문제가 되지 않는다. 내가 선택한 전공 공부를 할 수 있다는 것, 새로운 사람들과 새로운 관계를 형성하는 것 모두 지금의 나에겐 마냥 즐거운 일이다. 아직 취직의 어려움과 청년 실업의 쓴 맛, 세상의 매운 맛을 보지 못해서일지도 모르겠다.

　나의 꿈은 잡지 에디터가 되는 것이다. 잡지사에 취직하여 내가 관심 있는 분야에 대해 공부하고 이를 글로 써서 사람들에게 전달하는 일이 하고 싶다. 이러한 장래 희망 또한 국문학을 좋아하는 것과 더불어 내가 국문과에 진학한 이유라고 할 수 있다. 최근에는 대학생 기자단 '필'에 가입하여 첫 오리엔테이션을 다녀왔다. 대학을 다니며 최대한 많은 활동을 해보고 경험을 쌓고 싶었기 때문이다.

　대학을 다니며 나를 한 단계 성장시키고 싶다. 대학생활을 시작한 지 두 달 남짓, 그동안 내가 우물 안 개구리였다는 사실을 하루가 다르게 실감하고 있다. 전국 각지에서 모인 동기들, 고등학생 때 배우던 문학 수업보다 한 차원 심화된 대학 수업, 이밖에도 내가 몰랐던 이벤트들이 하루가 다르게 쏟아져 나온다. 앞으로도 나는 대학에서 더 많은 것을 경험할 것이고 더 많은 사람들을 만날 것이며, 그러기 위해 노력할 것이다. 한마디로 나를 위해 대학을 최대한 '활용'할 것이다. 명문대에 진학했다 하더라도 자신을 위해 활용하지 않는다면 무슨 소용이 있을까? 반면 상위권이 아닌 대학의 학생이라 하더라도 대학을 자신의 성장을 위한 발판으로 삼는다면 이는 훌륭한 대학생활을 보냈다고 할 수 있지 않을까?

　대학생들은 자신의 발전을 위해 대학을 활용할 줄 알아야 하며 대학은 이러한 학생들의 욕구를 충족시키기 위해 노력해야 한다고 생각한다. 명문대라 칭해질 수 있는 기준은 무엇일까? 앞의 내용과 관련지어 '열정적인 학생이 얼마나 있으며, 대학은 이들을 위해 어떠한 지원을 해주고 있는가?'와 같은 내용이 명문대와 비 명문대를 구분하는 지표가 되는 것이 바람직하다고 생각한다.

대학은 내 앞길을 정해주지 않는다. 대학의 이름값은 내 어깨에 힘을 실어줄 수는 있어도 취직을 시켜주거나 미래를 보장해 주진 않는다. 고등학생 때 조금 더 공부한 사람이 조금 더 상위권의 대학에 진학하는 것은 분명히 맞는 말이다. 하지만 대학에 진학하고부터는 다시 새로운 출발점에서 시작하는 것이라고 생각한다. 명문대 학생이라고 너무 으쓱댈 일도, 명문대 생이 아니라고 지나치게 주눅들 필요도 없는 것이다.

얼마 전, 과제를 위해 전공 교수님의 연구실로 찾아간 적이 있다. 장래 희망에 대한 이야기가 나왔고, 교수님께서는 오래도록 할 수 있는 직업이 좋은 직업이며 그 직업을 즐기는 것이 그 방법이라고 말씀하셨다. 이것이 바로 성공이 아닐까 하는 생각이 들었다. 나는 수학 과목에 굉장히 취약하고 영어 공부 또한 그다지 즐기는 편이 아니다. 고등학생 때는 내가 원하지 않는 수학과 영어 공부를 해야 한다는 것에 스트레스를 받았다. 대학에 와서는 이에 구애받지 않는다. 심화 과정이기는 하지만, 원하던 공부를 할 수 있으니 즐기게 되는 것 같기도 하다.

나는 오래도록 할 수 있는 직업, 즉 즐기며 할 수 있는 직업을 가지기 위해 노력할 것이며, 그 과정에서 대학의 도움을 얻을 것이다. 나는 내가 좋아하는 공부를 하고 취업에 도움을 받기 위해 국문과에 진학을 했다. 대학은 내가 꿈을 이루기 위해 거치는 과정이다. 현재 내가 배우고 있는 전공 수업을 소화하기 위해 노력하고, 나의 성장을 위해 대학을 최대한 활용할 것이다. 훗날 대학에서 배우고 공부한 것이 내가 즐길 수 있는 직업을 가지는 데 든든한 뒷받침이 될 수 있도록 말이다.

좋아하는 공부로 길 열기

이승민 | 글로벌미디어 09학번

나는 매년 새해 제야의 종이 울릴 때, 하는 기도가 정해져 있다. "올해에는 꿈이 생기게 해주세요. 제가 진정 하고 싶은 것이 무엇인지 알게 해주세요." 하지만 아쉽게도 아직 신은 응답해주시지 않으셨고, 결국 5일 전 똑같은 기도를 드렸다. 10년이 넘게 이렇게 졸랐으면 들어줄 법도 한데, 하나님도 꽤나 고집 있으신 분인가 보다.

나는 어렸을 때부터 꿈이 없었다. 아니, 사실 꿈이 너무 많았다. 피아니스트가 되고 싶었고 화가가 되고 싶었다. 선생님부터 수영 선수, 탐험가에 이르기까지 희망사항이 이루 말할 수 없이 많다. 하지만 정작 부모님이 바라시던 의사나 검사, 변호사, 판사는 단 한 번도 되고 싶었던 적이 없다. 그 덕에 되고 싶은 모든 어린 시절의 꿈들은 하찮은 취급을 받으며 엄마의 목표를 위해 공부해야했다. 그러니 학교에서 가고 싶은 대학교와 전공을 목표로 세우고 공부를 하라고 할 때에도 귓전으로 흘려 듣기 일쑤였다. 이루고 싶은 꿈이 없는데 전공을 정할 일이 없었기 때문이다. 고3이 되었을 때, 전공 선택이 코앞에 닥치자 그때부터 전공이라는 것에 대해 생각해보게 되었다. '내가 지금 선택한 전공이 대학교 4년 동안 공부할 것이 되고, 나중엔 내가 죽을 때까지 할 일이 되겠지?'라고 생각하자 끔찍했다. '지금 내가 뭣도 모르고 정한 전공이라는 것이 나의 평생을 좌우한다니…' 그때부터 공부는 뒷전이 되었다. 부모님에게 나름의 반항을 한 것이다. 내 인생인데, 부모님이 정해 놓은, 원치도 않은 직업을 가지고 평생 살고 싶지 않았기 때문이다. 부모님이 먼저 인생을 사셨기에 더 좋은 직업을 아시고 자식들을 위해 그 직업을 권하시는 것은 이해한다. 하지만 부모님과 자식의 가치관이 동일하고, 원하는 것이 완벽히 일치할 수는 없다. 그때 이후로 성적이 점점 떨어지는 내가 걱정이 되셨는지 담임 선생님께서 교무실로 나를 불렀다. 나는 내가 느낀 것을 말했다. 전공에 대한 고민들, 그때 담임 선생님께서는 이렇게 말하셨다.

"그렇게 고민하지 않아도 된다. 전공대로 취직하는 사람이 얼마나 되겠니. 철학과를 나와도 영업사원하고, 디자인과를 나와도 회계하고 그러는 거야."

지금도 담임 선생님께서 진정 나를 위로하고자 이런 말씀을 하셨는지 궁금하다. 그 날 이후로 방황이 더 심해졌기 때문이다. 그 말 덕분에 대학에 대한 불신도 깊어져서 '그럴 거면 뭣 하러 대학 가. 그냥 취직할래.'라고 생각했다. 대학과 공부에 대한 내 불신은 굉장해서 주변 사람들이 꽤나 걱정했던 걸로 기억한다. 결국 후에는 부모님의 압력과 타협, 적절한 당근과 채찍에 의해 지금의 숭실대 글로벌미디어학과까지 오게 되었지만 말이다. 사실 지금 생각하면 부모님께 감사하다. 나는 현재 나의 전공에 굉장히 만족하며 이를 즐기고 있다.

나는 현재의 대학 공부에 굉장히 만족한다. 불신이 심했던 과거의 나에 비하면 요샌 거의 맹신 수준이다. 그래도 굳이 불만을 말하자면 환상을 갖고 있었던 교수님과 학생들의 열띤 토론이 굉장히 드문 일이라는 정도이다. 이렇게 수업 분위기가 수동적인 것에 대해 생각을 하다 최근에 한 가지 놀라운 사실을 깨달았다. 기말고사를 볼 즈음에 보충 수업을 같이 듣던 한 학생과 조교분과 함께 저녁을 먹게 된 일이 있었다. 그 친구는 과에서 장학금도 받을 정도로 굉장히 뛰어난 학생이었는데, 그 친구는 그 자리에서 나의 기대를 깨는 말을 했다.

"저도 그렇고 딴 선배들도 그렇고 성적 관리나 잘해서 그냥 돈 많이 주는 데로 가고 싶죠. 근데 보충수업 범위가 시험이랑 겹치는 부분이 없어서 좀 그렇네요."

내가 놀란 이유는 그 친구는 수업 때 정말 발표도 잘하고 수업 태도라면 1등일 정도로 학구적인 친구였기 때문이다. 나는 분명 그 친구가 수업, 학과 공부에 대해 학문적인 열정이 대단할 것이라고 생각하고 있었다. 단지 높은 학점만을 위해 수업을 그렇게 열정적으로 참여한 것일까? 그때부터 눈이 뜨여 4학년인 내 나이 또래의 친구들과 이야기를 많

이 하게 되었는데 다들 취업전선에 걱정과 고민이 많았다. "취업준비 잘
돼?"라고 물으면 다들 이상하게 지원한 회사 이름부터 말했다. 난 이제
내 친구들의 전공도 다 까먹을 지경이다. 친구들의 전공보다 그들이 자
기소개서를 보낸 회사들의 이름을 더 많이 들은 것 같다. 다들 자신의
전공보다는 회사의 이름에 목을 매고 있는 탓이다.

　도대체 4년 동안 공부를 왜한 것일까? 배워서 써먹지도 않을 공부라
면 어째서? 읽기와 쓰기 수업 때 배웠던 프랭크 퓨레디의 '천박한 지적
무교양주의'라는 말이라도 꺼내들고 싶은 심정이었다. 앞에서 말한 장학
금을 받는 학생부터 취업 준비를 하는 학생까지 대학공부를 전공에 대
한 학문적 공부라기보다는, 취업을 위해 가져야만 하는 조건 정도로 인
식하는 학생들이 많다. 나도 분명 숭실대 입학할 때 '남들 다 가는 대학
이니까.' 라고 생각하며 들어왔다. 하지만 지금의 나는 분명 다르다. 아
직 2학년이라 취업하기에 조금 시간이 남아 여유 부리는 것일 수도 있
다. 하지만 나는 아직 취업이라는 틀에 목매고 싶지 않다. 학과 공부를
좀 더 맘 편히 '공부'해보고 싶다. 공부란 '학문이나 기술을 배우고 익힌
다'라는 뜻이라고 한다. 단지 학점을 위해 한 공부는 시험이 끝나면 머리
에서도 쉽게 사라질 것이다. 비싼 등록금 내고 배운 것이니 만큼 더 머
릿속에 남게 해야 하는 것이 아닌가? 사실 우리에겐 이 대학이 마지막
교육의 장이다. 사회에 나가면 다시 공부할 기회를 잡기란 쉽지 않기 때
문이다. 우리는 고등학교 때까지 우리가 항상 불만 갖는 '주입식 교육'을

받아왔다. '왜 우리가 원하지도 않는 과목을 배워야 하며, 수업 때 선생님이 말하는 대로 듣고 그것을 외우듯이 공부해야 하는가?' 하는 불만을 다들 한번쯤 가졌을 것이다. 우리는 그때의 우리들의 모습을 까맣게 잊은 듯하다. 그렇게 외치던 자율적인 교육의 장으로 왔는데 왜 스스로 주입식 교육을 받고 있는 것일까? 마지막 교육의 장인 만큼 자신이 원하는 공부를 해보는 것이 어떨까?

나는 문득 이런 생각도 한다. 공부와 직업을 어째서 구분을 하는가? 공부한 것을 직업에 다 써먹는다고 생각하면 공부가 곧 직업이 아닌가? 사람들이 공부와 직업을 나누는 이유는 그들에게 직업은 취업과 같은 의미이기 때문일 것이다. 나는 취업이 지금 대한민국 대학생들이 골머리 썩는 그것이라면, 취업과 직업은 다른 것이라고 생각한다. 직업은 내가 평생을 나의 일로 삼고 해나가는 일이고, 취업은 경제적 수입의 대가로 하는 노동이기 때문이다. 주입식 교육의 폐해로 지금은 기억에서 지워졌을 수도 있지만, 우리는 중학교 기술가정 시간에 '매슬로우의 5단계 욕구'에 대해 배웠다. 매슬로우의 설명에 따르면, 인간은 5단계의 욕구를 가지는데 첫 번째가 생리적 욕구, 두 번째가 안전에 대한 욕구, 세 번째가 소속감과 사랑에 대한 욕구, 네 번째가 자아존중의 욕구, 마지막으로 자아실현의 욕구이다. 매슬로우는 바로 이 마지막 단계의 욕구에 방점을 찍고 있다. 사람이 가장 높게 추구해야 하는 것이 자아실현의 욕구라는 것이다. 하지만 이런 취업 전선에서 우리는 자아실현을 가장 1순위의 목표로 두기란 어렵다. 그렇다고 해서 이런 현실을 이유로 들어 쉽게 자아실현을 포기해서도 안된다고 생각한다.

대학은 자아실현의 기반을 닦아주는 곳이라고 생각한다. 대학은 자신이 진정으로 원하는 공부를 할 수 있고 그것에 대해 얼마든지 길이 열려있는 곳이다. 도서관에는 언제든 빌릴 수 있는 수많은 책들이 있고, 학과마다 각 분야에 정통하신 교수님들이 계시다. 아무리 대학 교육이 수동적이네, 교수님들이 보수적이네 해도 학생 스스로가 교수님에게 좀 더 적극적으로 부탁한다면 달라질 수도 있다고 생각한다. 유비도 삼고초려(三顧草廬)로 제갈공명을 얻었는데, 우리도 지식을 얻기 위한 노력을 조금 더 할 수 있는 것이다. 나는 그렇게 노력하는 것이 번거로울 수는 있지만 나쁘지 않다고 생각한다. 쉽게 얻은 것은 쉽게 빠져나가는 것이 아닌가. 어렵게 얻은 만큼 그 성취감도 클 것이다. 분명 토익, 각종 자격증 시험 등등 취업을 위한 공부도 어렵다. 하지만 이렇게 생각한다. 취업을 위한 공부는 그 목적 자체가 취업이기 때문에 어려울 수밖에 없다. 자기 스스로 관심있고 하고 싶은 공부도 어려운 법인데, 원치 않고 취업이라는 조건을 맞추기 위해 억지로 하는 공부가 쉬울 리 없다. 취업 공부를 하는 것이 나쁘다는 게 절대 아니다. 다만 12년이라는 학창 시절에 이어 원치도 않는 취업 공부에 골머리를 썩이다가 직장에 들어가 야근하는 나는 과연 행복할까 생각해 본다.

나는 나의 행복을 위해 대학에서 공부를 하고 있다. 내가 스스로 원하는 공부를 하다보면 내가 원하는 길이 보일 것이라고 믿는다. 원하는 길이라면 나는 분명 열정적으로 몰두할 것이고, 그 분야에 정통한 사람이 될 수 있다. 내가 원하는 직업으로 평생 나의 자아실현을 위해 사는 것은 즉, 다들 꿈꾸는 돈도 벌고 하고 싶은 것도 하고 사는 삶일 것이다.

이것이 행복이 아닐까?

가난에 대한 궁금증

정재민 | 경제학 06

　내가 대학에서 공부하는 이유를 생각하다보니, 과연 대학은 무엇을 하는 곳인가 하는 질문에서 생각이 멈췄다. 누구나 대학 하면 진리 탐구의 장이라 생각한다. 그런데 과연 요즘 시대에 대학이 진리 탐구의 장이라고 할 수 있을까? 대부분의 학생들이 자신의 학문적 의문을 해소하기 위해 학과를 선택하고 대학에 올까? 대부분은 아니라고 할지 모르겠지만, 다행히도 나는 "그렇다."라고 대답할 수 있다.

　나는 가난한 집안의 외아들로 자랐다. 아버지, 어머니 두 분 다 가난 때문에 학업을 길게 하지 못하셨다. 어릴 적에 어머니께서 "공부할 수 있을 때 열심히 해라."라는 말씀을 가끔 하시면서, 한숨을 쉬며 푸념하시곤 했던 기억이 떠오른다. 그때부터 내가 공부를 하는 이유는, 쉬지 않고 일하는 데 어째서 누구는 잘 살고, 누구는 가난 속에서 허우적거

려야 하는가를 알기 위해서였다.

내 전공은 경제학이다. 경제학이 내 학문적 호기심을 해결해 주기에 가장 적합한 학문이었기 때문에 나는 경제학과에 진학했다. 그리고 대학에서 몇 년 동안 공부하면서 이러한 기대는 배신 당하지 않았다. 현대 사회의 경제는 자본주의가 그 주류를 이루고, 한국 또한 자본주의 사회이다. 자본주의 사회의 핵심은 '자본'이다. 자본을 가진 사람이 자유로운 경제활동을 통해 이익을 창출하고 사적으로 소유하여 자본을 축적한다. 자본이 없는 사람에게도 자유로운 경제활동과 사적 소유가 보장되지만, 자본을 가진 사람보다는 부와 자본을 축적하기 어렵다. 왜냐하면 순수 임금만으로 부를 축적해야 하기 때문이다. 임금은 이론적으로 한 사람의 노동 생산성만큼 주어진다.

그렇다면 우리 집안의 가난은 무엇 때문일까? 바로 저학력에서 비롯된 낮은 노동생산성과, 자본이 축적되어 있지 않았기 때문이다. 이러한 가난에서 벗어나기 위해서는 노동 생산성을 높이고 임금을 저축하여 자본을 늘려 자본 소득을 늘려야 한다는 것이 내가 그동안 배워온 경제학을 기반으로 분석한 결과이다. 우리 집안의 가난을 생각하다보니, 다른 사람들은 어떻게 가난해지고 가난 속에서 헤어나올 수 있을까 하는 자연스러운 의문에 잠겼다. 가난은 절대적인 것과 상대적인 것으로 나누어 볼 수 있다.

우리 사회에서 절대적 빈곤층과 상대적 빈곤층 중 어떤 층이 더 많을까? 나는 상대적 빈곤층이 절대적 빈곤층보다 비교할 수 없을 정도로 많다고 생각한다. 기초 생활 수급자층을 절대적 가난을 겪고 있는 사람이라고 할 때 그 인구는 약 160만 명 정도로, 우리나라 인구의 4% 정도를 차지한다. 상대적 가난은 말 그대로 '상대적'인 것이어서 그 기준을 명확히 잡기는 어려우나, 내 주위를 둘러보면 대부분의 사람들은 상대적으로 잘 살지 못한다고 생각하며 좀 더 부자가 되고 싶은 욕망에 사로잡혀 살고 있다. 나는 어떤 사람을 보면 '아, 저 정도만 살면 좋겠다.' 생각하곤 하는데, 그런 사람들도 자신을 부자라고 생각하지 않으니, 대부분의 사람들이 상대적으로 가난하다고 생각한다는 게 틀린 말은 아닌 듯싶다. 상대적 가난은 경제발전이나 사회적 노력으로 해결될 수 있는 것이 아니라, 개개인이 자신의 욕망과 기대치를 조금씩 줄여 자신의 생활에 만족을 하며 살아가는 방법 이외엔 없다고 생각한다. 그런 점에서 우리 사회는 절대적으로 가난한 사람들의 삶을 좀 더 윤택해질 수 있게 도와야 한다는 것이 내 생각이다. 가난의 대물림 현상이 사회경제적 문제로 주요 쟁점이 되어온 것은 어제오늘 일이 아니다. 그러나 실효성 있는 정책은 그다지 많이 시행되고 있는 것 같지 않다. 나는 이제 대학에 다니는 동안 한 가지 더 궁금증을 해결하고 싶다.

바로 절대적 빈곤에 있는 사람들의 삶을 좀 더 윤택하게 하기 위해서는 어떤 실효성 있는 정책이 필요하고 그 시행 과정에서 예상되는 문제점이 무엇인지를 알아보고 싶다. 이 궁금증은 〈경제정책론〉 수업을 통해 해결할 수 있으리라 생각했지만, 생각했던 것과 다른 방향으로 수업이 진행되어 조금은 안타까웠다. 결론적으로 '나는 왜 대학에서 공부하는가?'에 대한 답은 '나는 가난한 사람은 어째서 가난하고 그 늪에서 빠져 나오기 힘든가?'라는 질문에 대한 답을 모색하면서 찾게 될 것이고, 지금은 어느 정도 그 답을 알게 된 것 같다. 이제 위에서 말한 새로운 궁금증에 대한 답을 찾기 위해 남은 대학생활을 하는 내내 고민해보고 공부해 나갈 것이다.

Part 2.

다시 내 꿈을 디자인하다

다시 돌아온 캠퍼스에서 키우는 꿈

김재민 | 컴퓨터학부 08학번

　지금으로부터 3년 전, 난 컴퓨터학부에 입학한 후 몇 개월이 지나지 않아 자퇴서를 제출하고 학교를 나갔다. 성적이 나쁜 것은 아니었고, 학우들과 문제가 있던 것도 아니었다. 오히려 처음 겪었던 대학교 생활은 특별한 목적 없이도 그저 하루하루가 즐거웠다. 신입생이라는 이름으로 이뤄지는 새로운 만남들, 점심밥부터 공부까지 챙겨주는 선배들, 그리고 매일같이 계속되는 술자리…. 하지만 그렇게 목적 없이 지내던 때, 한순간에 회의감이 찾아왔다. 내게는 더 이상 대학교에 다닐 이유가 없었다.

　첫 번째 이유는 '행복하지 않았기' 때문이다. 매일같이 마주쳐야 했던 컴퓨터 전공은 매일 내 행복을 깎아내려만 갔다. 오히려 남는 시간에 틈틈이 인문학 서적들을 읽거나 사진을 찍는 것만이 대학 생활의 유일한 위안이었다. 두 번째 이유는 '시간'과 '돈'의 문제였다. 4년이라는 긴 시간과 노력, 그리고 4천만 원이라는 돈을 원치 않는 공부에 투자할 이유가 없었다. 그리고 이러한 투자가 미래에 취업으로 연결될지는 더더욱 미지수였다. 세 번째 이유는 '꿈이 없었기' 때문이다. 나도, 그들도 정작 자신이 원하는 것은 무엇인지 모른 채 하루하루 떠밀리듯 살아가고 있었다. 난 겁쟁이가 되기 싫었다. 그래서 학교를 그만두었다.

사람은 누구나 꿈과 목적이 있어야 한다. 인간이 동물과 구별되는 데에는 여러 이유가 있겠지만, 가장 큰 이유를 말하자면 아마 인간은 각자의 꿈과 비전을 갖고 있기 때문일 것이다. 예전에 부모님께서 들려주셨던 말씀이 있다. "10대에 꿈을 꾸고, 20대에 준비해서, 30대에 꿈을 펼쳐라." 하지만 현재 주변에서 볼 수 있는 실상은, 20대는 고사하고, 30대가 되어서도 꿈을 찾기 힘들어하는 것 같다. 꿈이 없는 사람은 숨 쉬는 송장과 같다고 하지 않는가. 더군다나 열정이 가장 넘쳐나야 할 20대에 꿈 없이 살아간다는 건 그야말로 끔찍한 재앙이다.

그렇기 때문에 나는 더욱 더 꿈을 찾고 싶었다. 주변의 만류에도 불구하고 결국 학교를 그만두고 나왔다. 이 상황에서 학교까지 그만둔 만큼 내가 뭔가 이루지 못한다면 그야말로 안 될 일이었다. 중, 고등학교 시절을 떠올리며 내가 꿈꿔왔던 것들을 기억해보기로 했다. 중학교 때는 사업가가 되고 싶었다. 고등학교 때에는 파일럿, 사진 작가, 교수가 되고 싶었다. 현재와 미래를 번갈아 생각하며 가장 적합하고 즐거울 만한 일을 생각해 보았다. 기계적이고, 수동적인 일은 싫었다. 나는 창조적인 일, 그리고 누군가를 가르치고 소통하는 일이 좋았다. 더 나아가선 그 일이 멋

있어 보였으면 좋겠다고 생각했다.

나는 사진을 선택했다. 사진은 중학교 때부터 약 10년 간 꾸준히 해 왔던 취미 활동이었다. 내가 좋아하던 사진을 공부해서 훗날 사진학 교수가 된다는 멋진 계획을 세웠다. 창조적이면서 누군가와 소통하고, 누군가를 가르칠 수 있는 멋있는 일이었다. 곧장 부모님에게 계획을 말씀드리고 홍대 앞에 있는 사진 학원에 등록했다. 내 모의고사 성적표를 받아든 학원 원장 선생님은 하이파이브를 치시며 수강료를 절반만 내도 된다고 하셨다. 당시 내가 받았던 점수는 사진과로는 국내 최고인 중앙대학교 사진학과에 충분히 입학할 수 있는 성적이라고 했다. 앞으로는 가르치는 대로 사진만 배워서 찍으면 된다고 했다. 모든 게 잘 풀릴 것 같았다.

난 자만했다. 그런데 이게 웬걸. 내가 알고 있던 취미로서의 사진과 직업으로서의 사진은 달랐다. 여유가 있을 때 시간이 나서 찍는 사진과, 시간을 내서 먹고 살기 위해 찍어야 하는 생계로서의 사진은 다를 수밖에 없었다. 직업으로서 사진 작가는 평생 즐겁게 해나갈 자신이 없었다. 그럴 만한 확신이 없었다. 부모님은 내 의견을 충분히 들어주셨고, 내 뜻을 존중해 주셨다. 전적으로 내 잘못이었다. 그렇게 다시 한 번 큰 변화가 생겼다. 사진 학원을 그만두고 컴퓨터학부로의 재입학을 결정하게 되었다.

난 마음을 잡았다. 모든 상황을 받아들이고 순종하기로 했다. 그렇게 난 다시 1학년이 되었다. 하지만 현재 주어진 것에도 최선을 다하지 않는다면 언젠가 기회가 와도 잡을 수 없을 것이라고 생각했다. 그렇게 다시 시작한 1학기에는 공부해봤던 경험을 살려 '테라스'라는 이름의 스터디 그룹을 만들어 후배들을 가르치며 반액 장학생을 두 명이나 배출하기도 했고, 학생회와 학부 신문사, 그리고 소모임 활동에 적극적으로 참여하며 주어진 것에 최선을 다하며 지냈다. 내게 주어진 상황을 쉽게 내려놓은 6개월 전의 내 자신이 어리석게만 느껴졌다. 그렇게 반 년 만에 돌아온 학교는 달라진 것이 없었지만, 내가 변화하니 모든 게 달라보였다. 분명 뭔가 좋은 변화였다. 그러던 어느 날, 입영 통지서가 날아왔다.

군 생활은 내게 큰 기회였다. 학기를 마치고 7월에 입대한 나는 충청북도 37사단 신병교육 대대에서 2년간 신병을 가르치는 조교로 복무했다. 군 생활 동안 많은 어려움이 있었지만 모든 어려움은 곧 자기 발전의 씨앗이 되었다. 나는 군 생활 동안 내가 잘할 수 있는 것과, 내게 부족한 점을 알 수 있었는데, 난 내가 특히 수많은 사람 앞에서도 두려움이 없이 내 의견을 집중력 있게 말할 수 있다는 것을 발견하였다. 또 2년 간 훈련병들의 분대장을 맡게 되며 나만의 리더십을 발견하고 발전시킬 수 있었다. 그렇게 군 복무를 마친 뒤, 난 다시 학교로 돌아왔다.

다시 돌아온 대학교, 난 이제 내가 무엇을 해야 하는지 알게 되었다.

전공과 맞지 않아 그만두었던 이 대학교에서 내가 얻어낼 수 있는 것이 무엇인지 알게 되었다. 내가 잘할 수 없는 부분에 힘을 쏟는 것보다, 내가 잘할 수 있는 것을 더욱 더 발전시키는 것에 힘을 쏟기로 했다. 지금 나는 컴퓨터학부 신문사인 컴타임즈 기자로 활동하면서, 발표 수업에 최대한의 노력을 기울이고 있다. 그와 더불어 이번 겨울방학에는 기업 서포터즈와 같은 대외 활동을 준비하고 있고, 2학년이 되는 내년부터는 경영학을 복수 전공하려고 한다. 내가 잘할 수 있는 발표를 발전시킬 수 있는 기회를 찾는 것이다.

누군가 나에게 왜 대학을 다니는지 묻는다면, 이제는 자신있게 얘기할 수 있다. 난 내 꿈을 이루기 위해 대학에 다닌다고. 대학은 꿈을 가진 사람들이 모이는 곳이고, 그렇기 때문에 모두의 꿈을 나누고 발전시킬 수 있는 잠재력이 많은 곳이다. 대학은 취업만을, 학문적 성취만을 위한 곳이 아니다. 대학은 꿈을 키울 수 있는 둥지다. 내 꿈은 커뮤니케이션을 통해 세상을 바꾸는 멋진 기업가가 되는 것이다. 만약 내 꿈이 요리사였다면, 내가 지금 있어야 할 곳은 대학이 아니라 요리 학교였을 것이나. 요리사에게는 요리 학교가 바로 꿈을 키워주는 곳이다. 하지만 내 꿈을 키울 수 있는 곳은 대학이기 때문에 대학에 다닌다. 나에게 대학이란 내 꿈을 키울 수 있도록 도와주는 둥지다.

사람 좋아하는 나로 돌아간다

박나라(가명) | 언론홍보 08학번

나는 대학에 다닌다. 언론홍보학을 전공하고, 취업에 좋다고 해서 경제학을 복수 전공한다. 학교에서 두 번의 연애를 했고, 한 번의 이별을 했다. 긴 통학을 하고, 매 학기 사백만원에 가까운 등록금을 낸다. 주말에는 일을 한다. 작은 호프집 점원이다. 나는 그곳에서 토익 학원비를 번다. 학교 성적은 그다지 좋지 않다. 유난히 출석이 중요한 우리 학과에선 나는 열등생일 뿐이다. 소극적인 나에게 우리 과 전공은 썩 재밌지 않다. 학교 친구들도 별로 없다. 그래도 나는 꾸역꾸역 학교에 다닌다. '그냥' 다닌다. 한 번도 이 질문에 대해 자문해 본 적이 없다.

"나는 도대체 왜 다닐까? 이 학교를?"

꿈 많던 고교 시절, 나는 동네에 있는 하천을 끝까지 따라가 본다며 며칠을 집에 들어오지 않던 괴짜였다. 지리 올림피아드에 나갈 만큼 새로운 세계에 대한 호기심이 있었다. 나는 사람을 좋아했다. 혼혈인 친척과 친해지려고 외국어를 금방 배웠다. 혼자 여행을 했다. 나는 궁금한 것이 많았다. 십대 시절은 내 정체성을 알아 나가는 시기였던 것 같다. 하지만 누군가에게 이것에 대한 답을 물었을 때, 그들의 대답은 늘 같았다. "일단 대학을 가라, 모든 답은 거기서 얻을 수 있다."라고. 그래서 나는 그 대학이라는 것이 뭔지는 모르겠지만, 한번 가 봐야겠다고 생각했다. 그곳에 가면 내 가슴 답답한 궁금증들을 해결할 수 있을 것 같았다. 나에게 대학은 구원의 장소였다.

나의 첫 대학교는 ○○대학교 관광학과였다. 어머니는 마음에 들어 하시지 않았다. 학과 때문이었다. '남들 시중 들어주는' 것을 공부해서 밥은 벌어먹고 살겠냐고 말하셨다. 사람이 좋아서 선택한 학과였다. 하지만 그곳은 내가 있을 곳이 아니라고 했다. 다시 학교에 들어갔다. 이번엔 언론홍보학이었다. 그런데, 나는 이 밥벌이 되는 학과에 적응을 할 수 없었다. 내가 대학에 온 이유인, 내 물음에 대한 해답을 찾을 수 없었기 때문이었다.

대학에 와서 깨달은 이곳의 사회적 의미는 취업자 양성소였다. 나는 내 자신에 대해 고민해 볼 여유가 없었고, 학교는 내게 왜 해야 하는지 모를 것들을 강요했다. 대학에서 내가 들은 답변들은 "사회에 나가보면 알게 될 것이다."였다. 내가 경험한 두 개의 대학 모두 낙원은 아니었다. 교수와 학생들만 다른 고등학교의 연장선이었다. 나는 혼란스러웠다. 하지만 그냥 다녔다. 어딜 가든 똑같을 것 같다는 회의감 때문이었다.

여전히 나에게 남아 있는 대학의 의미는 '마지막 요람'이다. 대학은 내가, 우리가 학생이라는 신분으로 보호 받는 마지막 도피처인 것이다. 나는 아직 내 자신에 대한 물음의 답을 구하지 못했다. 때문에 조용히 침잠하고 사색하는 공간이 필요하다. 대학이 점차 취업자 양성소로 바뀌어가고 고등학교와 다를 바 없는 강압적인 교육을 하고 있지만, 아직까지 한국 사회에서 '대학'은 유일하게 '자유와 사색'이 허용되는 공간이다. 내가 겪어 왔던 12년 간의 학교 교육과 부모님의 간섭은 여전히 '나'의 정체성 찾기 과정을 어렵게 한다. 사회에 나가면 인생의 짐이 가중되어 이러한 답 찾기 과정은 더욱 어려워질 것이다. 다시 말해 한국 대학은 약자에게 가차 없는 경쟁 사회에서, 자유를 가지고 나를 알아갈 수 있는 유일한 공간인 것이다.

아직 내 진정한 꿈이 뭔지 모르겠고, 삶의 방향을 잡지 못한 나에게, 대학은 사회의 외풍을 잠시 피하며 사색의 시간을 갖는 도피처이다. 당장 직업을 가지라고 내몰지만 않는다면, 그리고 그런 일을 해도 죄책감을 가지지 않을 만큼 등록금이 적절하다면, 나는 이곳에서 좀 더 침잠하고 진짜 어른으로서의 삶의 토대를 닦고 싶다.

이런 나의 개인적인 이유도 있지만, 대학생들이 무조건적으로 대학을 가는 이유는 '사회 생활에 대한 공포' 때문이라고 생각한다. 현대 사회는 공포를 불러일으키는 사회이다. 교수님의 말씀처럼 '과로 사회'이다. 일단 사회로 나오면 야근에 시달리고, 언제 그만둘지 모르는 압박감 속에 살아간다. 커가는 자식은 먹여 살려야 하고, 밀린 학자금 대출을 갚아야 하며, 여성의 경우 일과 출산의 문제 사이에서 갈등해야만 한다. "학교 다닐 때가 좋은 거다."라는 말을 많이 듣는다. 요즘은 특히 그렇다. 사회가 각박하다 보니 그렇다. 그래서 대학생들은 학창시절을 5년, 6년으로 연장하면서 사회 진출을 미룬다. 우리나라는 학생이 대접받는 사회이다. 대학은 겁먹은 학생들을 '학생'이라는 이름으로 감싸주는 최후의 보루인 셈이다.

올해 스물다섯이 된 나의 현재 꿈은 국제선 스튜어디스이다. 나의 전공인 언론홍보학과 전혀 관계없는 서비스직이다. 당연히 부모님의 반대가 극심하다. "4년제 대학 나와서 하는 일이 남들 시중 들어주는 스튜어디스냐?"라고 말이다. 하지만, 결국 나는 처음으로 되돌아왔다. 대학에서의 3년간의 사색이 나를 '사람 좋아하는 나'로 돌아가라고 했기 때문이다.

내게 대학 생활은 치열하진 않았지만 처음으로 내 자신에 대해 고민해 보고 내 내면 깊숙이 침잠해보는 시간이었다. 취업이 대학의 목적으로 변해가고 있어, 내 인생에 대한 질문과 답 찾기는 더 어려워졌다. 하지만 대학이 마지막 보호처라고 생각하니, 경쟁 속에서도 고민하고 사색하는 시간이 길어졌다. 앞으로 남은 일년 동안 내 자신을 더 온전히 알아서 사회에 나가도 혼란스러움을 덜 느끼는 존재가 되었으면 좋겠다.

고작 삼성에 취업한다고?

박다솔 | 산업정보 09학번

유명한 대학, 상위권 대학을 목표로 수능 공부에만 매달리던 시절이 있었다. 중학교 1학년 때부터, 어쩌면 나도 모르게 초등학교 때부터 내 마음속에 자리잡고 있던 상위권 대학 진학이라는 목표를 이루기 위해 나는 6년 이상을 공부했다. 숭실대 합격을 통보받던 날, 원하던 대학은 아니었지만 서울권 대학에 입학했다는 것만으로도 난 만족했다.

막상 대학생이 되자 무엇을 해야 할지 몰랐다. 내 앞에 공부 말고 할 수 있는 것들이 너무나도 많았다. 고등학교와는 다르게 수업시간 사이사이 존재하는 공강, 자유로운 시간표, 여유로운 주말, 멀지 않은 곳에 존재하는 수없이 많은 놀러 다닐 곳들, 그리고 재수강이라는 또 다른 공부의 기회 등이 내가 공부하지 않아도 될 충분한 이유들이었다. 가장 꽃다운 나이에 공부만 하고 있는다면 늙어서 후회할 것이 분명했다. 언제나 술 마실 준비가 되어 있었고, 수업이 끝나면 언제나 놀러갈 준비가 되어 있었다. 어떤 수업인지에 따라 종종 결석할 준비가 되어 있을 때도 있었다. 그렇게 1년을 노는 것에 허비했다. 2학년이 되어 신입생 시절의 1년을 되돌아보니 놀기도 정말 많이 놀았다. 그런데 주변의 친구들을 둘러보니 다들 높은 학점에, 토익 학원에 다니는 등 벌써부터 취업 준비를 하고 있었다.

1학년 때 충분히 놀았기 때문인지 2학년이 되자 취업 걱정에 놀 마음도 생기지 않았다. 오히려 취업 걱정에 마음 놓고 놀지도 못하고, 그렇다고 공부를 잘 하게 된 것도 아니었다. 놀러다니지도 않으면서 공부는 왜 못 하는지, 내가 왜 이 모양인지 생각해 보았다. 중학교, 고등학교 때는 왜, 어떻게 공부했는지를 생각해보았다. 그것은 목표의 문제였다. 대학생이 되는 순간 그때까지 나를 이끌던 목표는 사라져버렸다. 머리를 쥐어짜며 현재 내가 가진 목표가 무엇인지 생각하고 고민해보니 취업밖에는 딱히 없었다. 삼성에 취업했으면 좋겠다고 생각했다.

그런데 내가 대학에서 공부하는 이유가 고작 대기업에 '취업'하는 것이라니 실망스러웠다. 그리고 내가 취업했을 때 또 다시 목표가 사라지게 될까봐 두려웠다. 내가 취업하고 나면 나는 또 다시 목표가 없이 내 인생을 목표와 계획 없이 흥청망청 허비하는 멍청이가 되고 말 텐데, 그땐 어쩌나 걱정이 되었다. 그래서 내 인생 전반적인 목표를 찾아야겠다고 생각했다. 그러나 아무리 생각해도 그런 목표를 찾을 수 없었다. 너무 어려운 일이었다.

그렇게 꽤 많은 시간을 고민했다. 그러다가 김난도 교수가 쓴 『아프니까 청춘이다』라는 책을 읽게 되었다. 책을 읽는데 너무 나와 비슷한 이야기가 많았다. 한쪽 한쪽 읽을 때마다, 한줄 한줄 읽을 때마다 공감했다. 특히 대학생들이 수능이 끝나고 목표 없이 시간을 많이 허비한다는 이야기마저 나의 이야기와 비슷했다. 나는 그 책에서 지금 내가 고민하는 문제의 해답을 찾을 수 있을 거라고 생각했다. 그런데 그렇지 않았다. 결국 그 책도 해답을 주지 못했다. 그렇지만 그 책은 또 다른 방향을 제시했다. 우리의 인생이 계획대로 되지 않는다고 목표를 너무 섬세하고 멀리 설계하지 말라고 당부했다. 맞는 말이었다. 모든 것이 계획한 대로 이루어진다면 나는 지금 숭실대학교에서 산업공학을 전공하고 있지 않았을 것이다. 그 책을 읽으면서 내가 얼마나 멍청했는지 깨달았다. 목표가 이루어질 때, 혹은 목표를 이루지 못했을 때마다 내 앞의 현실을 고려해서 또 다른 목표를 설계하면 된다. 그런데 나는 목표가 달성되는 그 순간에 내가 또다시 방황할 것이 두려워서 큰 목표 하나만을 설계하려고 했다. 결국 모든 것이 다시 원점으로 돌아왔다.

내 목표는 취업이었다. 처음의 막연한 목표와 달라진 것이 있다던, 그 목표를 달성했을 때 나는 또 다른 목표를 설계하기 위해 많은 시간을 투자해야 한다는 사실을 알고 있다는 점이다. 나는 1학년 때부터 삼성에 취업할 것이라고 주변 사람들에게 입버릇처럼 말했다. 사실 난 그때 나는 내가 높은 학점을 받을 수 없다는 것을 이미 알고 있었다. 1학년 때의 학점에 발목 잡힐 것이 뻔했기 때문이다. 작은 기업들은 인재를 양성하는 시스템이 잘 되어 있지 않기 때문에 완벽한 스펙의 인재들만 추구하는 경향이 있다. 하지만 대기업의 경우는 그런 시스템이 잘 되어 있기 때문에 창의적 인재를 채용한다. 그걸 알고 있었기에 나는 삼성에 취업하겠다고 생각했었다. 생각해보니 나에겐 삼성이란 목표가 있었다. 다만 삼성에 취업하는 것이 불가능하다고 생각해서 농담처럼 말하고 다녔던 것뿐이다. 하지만 이제 삼성에 취업하는 것은 농담이 아니라, 진짜 목표가 되었다.

사실 나도 알게 모르게 마음속에 삼성에 취업하는 목표가 있었기에 나는 삼성이 원하는 인재가 되기 위해 조금씩 노력하고 있었다. 창의적인 인재가 되기 위하여 다양한 경험을 하려고 노력했다. 대학은 내가 다양한 것들을 경험하도록 도와주는 기회의 창이었다. 사실 대학에서 배우는 것들은 대학 밖에서도 충분히 배울 수 있는 것이다. 그래서 요즘은 단순히 대학을 졸업한다고 해서 그 분야의 전문가라고 할 수 없다. 그런데도 많은 사람들이 대학 교육을 받는 이유는 대학이 주는 많은 경험의 기회 때문이라고 생각한다. 나의 경우만 하더라도 대학에서 많은 선배들과 친구들을 만나서 사회경험을 하고 있고, 수업시간에 배우는 내용 말고도 교수님의 이야기를 통해 더 넓은 세상을 전해 듣고, 전공 과목 외에도 교양 과목을 배움으로써 다양한 분야의 학문을 접할 수 있었다. 한 전공 과목 교수님이 수업 첫날에 어느 백화점의 엘리베이터의 이용자가 너무 많아서 대기시간이 길다면 어떻게 해결할 것이냐고 물으셨다. 한 학생은 우리 학교의 건물처럼 홀수·짝수 제도를 이용하겠다고 답했다. 교수님은 그 아이디어가 경험에서 비롯된 것처럼 모든 것에 완벽한 창조란 없고 경험에서 우러나오는 것이라고 하셨다. 그 날 나는 창의력이란 많은 경험에서 비롯된 것이라는 것을 배웠다.

나는 대학에서 삼성 취업이라는 목표를 위해 공부한다. 대학을 다니지 않았더라도 나는 내 목표를 이룰 수도 있을 것이다. 하지만 대학을 다니지 않았다면 한 가지만을 공부하거나 한 가지 분야만을 잘 아는 사람이 되기 쉬웠을 것이다. 대학이라는 곳은 내가 많은 것을 경험할 수 있는 기회를 제공하고 그 기회로 나는 창의적 인재가 될 수 있다. 그렇게 나는 내 목표에 조금씩 가까워져 간다. 이런 것들이 바로 내가 대학에서 공부하는 이유다.

친환경 건축을 연구하고 싶다

박승엽 | 건축공학 06학번

대학에 가기 위해 처음 공부했던 순간이 떠올랐다. 고등학교 2학년 11월 경, 나와 내 친구들은 큰 잘못을 저질러서 경찰서에 갔었다. 그곳에서 난 단지 성적이 제일 안 좋다는 이유만으로 형사들로부터 내 친구들과는 다른 대우를 받았다. 그 차별로 인하여 나의 인생은 절망의 나락으로 떨어질 뻔했다. 가까스로 합의에 성공하여 다행이었지만, 그때의 기억은 내겐 정말 큰 충격이었다. 사실 그동안 학교에서 성적에 따른 차별은 숱하게 받았지만, 경찰서에서도 그럴 줄은 몰랐다. 일이 잘 해결되고 난 후에도 학교에서의 차별은 계속됐다. 난 더 이상 차별로 인한 피해를 보기 싫었다. 오히려 차별로 인한 이득을 받는 존재가 되어 그들의 기분을 느끼고 싶었다. 또한 교내시험, 모의고사, 대학간판만으로 마치 그것들이 그 학생의 인격인 양 평가하는 선생님들에게 '나 같은 놈도 성적이 잘 나온다면 인정해 주실까?' 하는 궁금증과 함께 선생님들에게 인정받아보자는 욕망에 휩싸였다, 그렇게 공부를 시작했다, 선생님들에게 인정받고자 하는 욕구의 충족을 위해….

어느덧 선생님들께 인정을 받게 된 나는 이제 좋은 대학에 진학하여 선생님들뿐 아니라 학교 전체에서 인정받고자 하는 욕망에 사로잡혔다. 나는 더욱 커진 욕망을 채우기 위해 계속 전진했고, 마침내 숭실대학교에 합격하게 되었다. 학교 전체에서 '기적'이라는 칭찬을 들었다. 하지만 나의 마음은 채워지지 않았다, '할 수 있다'는 자신감과 함께 항상 집안의 골칫덩어리로만 생각하시는 부모님이 원하시는 대학에 진학하자는 욕망이 내 마음에 크게 자리잡았다, '나도 부모님을 기쁘게 해드리자.'는 다짐과 '너 그 대학 들어가면 무엇무엇 사줄게.' 하시는 부모님의 유혹이 내 물욕과 융합되어 다시 공부를 시작했다. 그렇게 1년을 더 공부했다. 하지만 거기까지였다. 다시 숭실대학교 다른 과에 합격하였다.

군대를 가기 전 1,2학년 때까지는 정말 아무 생각이 없었다. 공부를 해야만 하는 당위성이나 욕구는 없었다. 중간, 기말고사에서의 금메달이 나의 자랑이었다. 그 2년 간 공부는 없었다, 지금 돌이켜보면 그 시기에 대해서 '나는 대학에서 왜 공부하는가?' 라고 질문하면, 난 답을 할 수 없다. 난 공부를 한 적도 없고, 왜 공부해야 하는지를 몰랐기 때문이다.

군 제대 후 동기들보다 1년 늦게 복학한 나는 동기들이 장학금을 받았다는 소식을 들었다. '단지 내 친구들이 열심히 했으니까', '내 친구들이 장학금을 받았으니까'라는 이유 때문에 나는 다시 공부를 시작했다. 하지만 난 4학년이던 내 친구들처럼 취업을 위한 공부는 하지 않았다. 취업은 내 관심사나 욕구의 대상이 아니었다. 그저 친구들에게 뒤처지기 싫다는 욕구뿐이었다. 취업의 경우에는 "기업이 학점 높은 사람 안 뽑는다.", "요새는 TOEIC 점수 필요 없다."는 식의 땡기는 정보만을 선택적으로 받아들였다. 지식을 위한 공부는 나에게는 없었다. 점수를 위해서만 공부했다. 그 점수는 그저 내 동기들이 걸어간 발자취와 같은 길을 가기 위한 점수일 뿐이었다. 뒤처지기 싫었다.

2학기가 되어 공부를 해야 하는 또 다른 욕망이 생겼다. 친구들의 추천으로 졸업 학점을 쉽게 채우기 위한 Pass/Fail 과목인 〈진로와 직업 탐색〉을 듣게 되었다. 이 과목은 시험도 없고 그저 출석만 하면 되는, 흔히 말하는, 거저먹는 과목이었다. 하지만 이 과목은 나에게 경각심을 불러 일으켰다. 나는 대학 졸업만 하면 취업할 줄 알고 있었고, 취업 정보도 내 입맛에 맞는 것만 받아들였다. 낮은 취업률 관련 뉴스는 나에겐 해당사항이 없는 줄 알았다. 강의를 들으면서 그 뉴스가 나의 얘기인 걸 알게 되었다. 이제는 취업을 위한 공부, 흔히 말하는 '스펙'을 쌓기 위한 공부를 시작하였다. 기업 인사담당관들이 원하는 전공 관련 공모전과 논문 공부를 시작하였다. 졸업 때까지 남은 시간을 그렇게 취업을 위한 공부만을 하며 보낼 줄 알았다.

논문을 작성하던 중 점차 그 재미에 빠져들게 되었다. 처음 목표는 단순히 학회지에 논문을 게재하여 이력서에 한 줄을 쓰는 것이었다. 하지만 논문 작업을 하면 할수록 너무 재미있을 뿐더러 교수님께서 인정도 해주시고, 논문 관련 주제에 관해서도 더욱 깊게 공부하고 싶었다. 결과도 대만족이었다. 어느덧 취업을 위한 공부에서 나의 관심 분야인 '친환경 건축'으로 공부의 방향이 바뀌었다. 이제는 대학원 진학 시 장학금을 받기 위해 학점 관리를 하고 있다. 또한 대학원 수업에서 뒤처지지 않기 위해 선행 학습도 병행해야 한다.

지금까지 난 욕구 충족을 위하여 공부를 하였고, 현재도 그렇다. 내 동기들 열 명에게 공부하는 이유에 대해 물어보니, 대학원에 진학하는 세 명을 제외한 나머지는 모두 취업을 위하여 공부를 한다고 답하였다. 대학의 교수님들이 학생 개개인들이 원하는 목표와 요구들을 잘 조사하고 수용하여 정말 좋은 교육 프로그램을 개발했으면 좋겠다. 또한 신입생 때부터 학생들이 자신의 미래를 잘 설계할 수 있도록 현실적이고 효과적인 상담 프로그램을 제시하는 것이 필요하다고 생각한다.

연구실 생활에서 시작된 변화

김태홍 | 정보통신전자 06학번

　나는 어려서부터 주관이 뚜렷하고 호기심 많은 아이였다. 남들은 그냥 지나칠 수 있는 것에 대해서도 난 그 이유를 너무 궁금해 했고, 가끔 답이 정해지지 않는 경우에 대해서도 답을 찾으려고 노력을 했다. 거기에 질문을 서슴지 않고 해대는 활발한 성격이어서 주위 사람들이 덕분에 가끔 곤란해 했다. 사람마다 타고난 본성이 있는지 확신할 수 없지만 나에겐 이런 성격들이 본성이고 천성이다. 이런 성격은 내 학업에도 큰 영향을 끼쳤고 덕분에 매년 각종 경시 대회를 나갔다. 거기에 나는 운동도 꽤 좋아해서 결국에는 운동선수 생활도 겸했다. 결론은 어릴 적 난 일명 '엄친아'였다.

　하지만 학창시절에 누구나 겪을 수 있는 슬럼프는 나를 휘청거리게 했고, 꺾이지 않을 것 같던 내 인생 그래프는 심하게 하락세를 보였다. 사실 재미있어서 시작한 공부였지만 점차 커가면서 공부는 의무가 되었고 내 자신에게 동기 부여를 할 수 없었다. 결국 고3 시절 점수는 바닥까지 내려가고 난 한 차례 대학 입시에 실패했다. 하지만 어머니와 친척 형의 권유로 재수를 하게 되었고, 부모님께 죄송스럽고 감사한 마음 때문에서라도 마침내 숭실대학교에 입학하게 되었다. 물론 내가 원하던 학교와 학과는 아니었다. 재수 시절 난 인문 계열이었고, 경제학과를 꿈꾸고 있었다. 하지만 내가 입학한 곳은 인문사회 계열이 아닌 전자과였다. 수업 내용은 알아들을 수 없었고 노트 필기는 먼 나라 이야기였다. 힘들게 도착한 곳은 내가 있어야 할 곳이 아닌 것 같았다. 나에겐 생각할 시간이 필요했고 결국 군대로 향했다.

군대에서 정말 많은 생각을 해봤다. 주로 내가 공부를 하려던 이유와 대학을 진학한 이유, 슬럼프에서 벗어날 수 없었던 이유, 전역 후 하게 될 선택에 관한 것들… 어렸을 적 나는 새로운 것을 배우는 것이 재미있었지만 그것을 내 꿈과 연결시키지 못했다. 나에게는 꿈과 이상, 목표가 필요했다. 많은 고민 후, 나는 복학을 결심하였다. 피하지 않고 노선해서, 한번 쓴 맛을 본 대학에서 잃어버린 내 자신감을 회복하고 싶어서였다. 언젠가는 겪어야 할 일련의 과정이라 생각하고, 문제를 해결하면 새로운 세계가 보일 것 같았다. 그렇게 나는 전역 후 다시 대학에 돌아왔다.

하지만 대학은 나를 쉽사리 허락하지 않았다. 고등학교 수학과 물리

기초가 없던 내게 시간은 배가 필요했다. 강의가 끝날수록 내게 남는 궁금증은 쌓여만 갔다. 한 학기가 끝난 후 점수는 형편없었다. 그래도 포기할 수는 없었다. 이번 기회에 다시 실패한다면 더 큰 수렁에 빠질 것을 느꼈기 때문이다. 난 주문을 외웠다. 포기만 하지 말자고. 한 학기가 지나자 내 점수는 훨씬 좋아졌다. 가능성이 보였다. 딱딱하게 굳어있던 내 대학생활이 재미있어지기 시작했다. 여유를 갖고 둘러보니 다시 알고 싶은 것들이 많아졌다. 전공 수업에서 배운 것들이 어디에 쓰일지, 나중에 어떤 일들을 할 수 있는지 궁금해졌다. 그 해, 나는 가장 자신이 붙은 과목의 교수님을 찾게 되었고, 교수님과 상담 후 대학 연구실이라는 것을 알게 되었다.

대학 연구실은 지도교수님과 대학원 박사과정, 석사과정 선배들로 구성되어 있었다. 물론 파트 타임으로 회사와 병행하는 분들도 계셨다. 각 연구실마다 큰 연구 주제가 있고, 연구실 사람들은 관련 프로젝트를 각 회사들로부터 받아서 실질적으로 연구하고 있었다. 나는 연구실에서 2학년 겨울방학과 동시에 학부 인턴 과정을 시작하였다. 아직 전공 지식이 없어 직접 문제를 해결할 수는 없지만 세미나와 교육, 학회 등을 참가해서 공부를 미리 할 수 있었고, 실질적으로 회사에서 사용하는 툴을 배울 수 있었다. 거기에 대학과 회사의 큰 갭으로 인해 도통 감을 잡을 수 없던 문제를 이곳에서 미리 보고 들으면서 앞으로 어떤 일을 할 수 있고, 어떤 분야로 나갈 수 있는지 알 수 있었다.

연구실은 나무만 보던 내 시야를 큰 숲, 산을 볼 수 있도록 도와주었다. 처음에는 바로 적용할 수 없었지만 반년쯤 지나자 전공 수업에서의 지식과 연구실에서 얻은 지식이 잘 어우러져 내게로 쏙쏙 들어왔다. 그렇게 나는 이 분야에 눈을 뜨기 시작했고, 어릴 적 내 호기심은 다시 살아났다. 공익 광고를 보다가도, 신문을 보다가도 나만의 아이디어가 떠올랐고, 교수님께 아이디어가 어떤지 물어보고 관련 책을 찾아보기도 하였다. 결국 3년 전 방향을 잡지 못하던 나는 언젠가부터 학부 과정의 다른 학생들보다 내 전공 분야에 대해서 좀 더 잘 이해하고 아는 학생이 되어 있었다.

연구실 생활은 이 이외에도 내게 더 많은 것을 가르쳐주었다. 나는 대학생이었지만 이곳은 회사와 접촉을 하고 회사 일을 하다 보니 대학이 아니라 회사에서 근무하는 것 같았다. 이곳은 정말 작은 그룹원들이 모인 회사였다. 학생이라 통용될 수 있었던 것들은 이곳에서는 통하지 않았다. 정해진 계획대로 모든 일들이 반드시 진행되어야 하며, 안 되는 것도 어떻게든 되게 해야 했다. 사람이라면 실패할 수도 있지만 연구실에서는 허용되지 않았다. 그렇다고 연구실 사람들이 로봇처럼 행동하는 것은 아니다. 나는 이곳에서 사회를 볼 수 있었고, 지금은 연구실 공부 이외에도 이곳에서 일어나는 모든 상황을 공부하고 있다.

나는 다시 예전처럼 내가 하고 싶은 공부를 즐길 것이다. 이 생활을 즐기고 배워 좋은 논문을 써서 유명한 학회에서 발표를 하고 싶다. 사람들이 많이 참고하는 논문을 쓸 수 있다면, 내게는 그 자체가 커다란 상이고 보람일 것 같다. 생각해보면 전공 과목뿐 아니라 교수님과 다른 학생들의 생각과 말들, 행동, 심지어는 어떤 상황까지도 내겐 모두 공부다. 지금 내 인생에서 대학은 필수적인 영양분을 공급해주는 종합 비타민과 같은 곳이다.

탐구인 자유인 창조인

조현정 | 사학 06학번

   2006년, 숭실대학교 사학과 신입생 조현정은 자신의 전공에 대하여 의심하는 학생이었다. 나는 왜 처음부터 우리 대학과 우리 학과를 좋아하지 않았을까? 내가 사학을 선택한 이유는 교직 이수를 하여 선생님이 되려는 목적에 있었다. 하지만 나는 역사가 무엇인지 알려 하지 않았고, 시골에서 자유롭게 넓은 들판만 보며 살아오던 내게 서울은 닭장 같았나. 그게 이유라면 이유었나. 현재 우리나라의 대학 입시 상황은 입학부터 전공별 모집으로 인해 4년 간 공부할 자신의 전공에 대한 충분한 사전 지식 및 자신의 적성, 흥미와 미래에 대한 계획에 맞춰 전공을 선택할 수 있는 기회를 제한하고 있다. 1학년 시절, 나는 이러한 우리나라 대학 입시제도의 피해자라는 생각을 하며 현실에서 도피하려고 했다. 그리고 특수교육에 관심을 갖게 되어 다른 대학에서 1년 동안 공부한 적이 있다. 공부는 재미있었다. 하지만 그곳 교육의 질이 숭실대학교에 비해 현저히 낮음을 알게 된 이후부터는 이곳에서의 공부가 진정 내게 필요한 것일까라는 질문을 스스로에게 던지며 그도 잠시 멈추고, 생계를 위하여 일을 하기 시작했다.

그런데 일을 하면서도 공부에 대한 욕구는 생활에서 묻어나오기 시작했다. 가만히 앉아서 일에만 몰두하기엔 내 시간이 너무 아까웠다. 그래서 틈틈이 책을 즐겨 보고, 박물관이나 미술관을 찾아 관람하는 것을 게을리하지 않았다. 일과 공부를 동시에 할 수 있는 사이버 대학에도 등록하면서까지 배우고 싶었고, 아무 거라도 더 알고 싶었다. 새롭게 터득한 지식은 그때나 지금이나 내 삶의 활력소다. 나는 다시 대학에 돌아왔다. 뒤늦게 시작한 지금의 대학생활에서도 단지 내가 '앎'을 좋아한다는 것에 만족하며 생활하고 있다는 것을 이번 기회를 통해서 깨닫게 되었다. 도대체 내가 좋아하고, 내가 원하는 그 '앎'이란 무엇일까? 이를 알아야만 내가 대학에서 공부하는 이유에 다가갈 수 있으리라 생각한다.

학문은 자연과 인간의 세계를 설명하고 삶의 원리를 체계적으로 추구하는 것이다. 그리고 이것은 어떤 생각이나 의견이 '진리'인가를 밝히는 노력이다.[1] 내가 추구하는 '앎'이란 이런 것이다. 진리는 매우 소중하고 유용한 것이고 어떤 말이나 생각이 허위가 아니고 진실이며 어떤 이론

---

1 이돈희, 「진리탐구란 어떤 것인가」, 서울대학교 학생생활연구소 편, 『대학생활과 학문』, 서울대학교 출판부, 1992, 20쪽.

이나 주장이 오류가 없는 진리라는 것을 알 때, 그것은 그만큼 우리에게 유익한 것임에 틀림이 없다고 생각한다.

그러면 진리란 어떤 것인가? 학문에서의 '진리'란 세계와 인간에 관한 이해의 내용이나 원리가 거짓이 아니라는 것을 나타내는 말이다. 그것은 실체의 이름이 아니라, 어떤 대상에 관한 의견이나 믿음의 질을 나타내는 말이다. 이러한 의미의 진리를 탐구한다는 것은 세계와 인간에 관한 올바른 이해의 방식을 찾는다는 것을 뜻한다.[2] 이처럼 나는 진리를 탐구하는 **탐구인**이 되기 위하여 대학을 다닌다. 탐구인은 자신을 영원한 학생으로 생각하는 겸손한 인간이며, 학문하는 방법을 아는 인간이다. 또한 뚜렷한 연구 목적을 갖고 그 목적의 달성을 위해서 부단히 노력하는 인간을 말한다.[3] 나는 이러한 탐구인을 대학 교육에서 나의 목표로 삼고, 비판적 사고력의 배양과 새로운 학습과 연구 방법의 습득에 노력을 다하여 앞으로의 대학생활을 설계하고 수행할 것이다.

나아가 학문은 자연과 사회의 변화·발전에 관한 법칙과 더불어 진리를 탐구하고 인식하는 행위이다. 그리고 이러한 학문의 자유는 그와 같은 학문적 활동에 관해서 어떠한 간섭이나 방해도 받지 아니하는 자율성의 보장을 의미한다. 자유는 민주사회의 경우 정신적 활동이 자유의 일환으로서 당연히 보장되는 것이다. 일반적인 양심의 자유와 표현의 자

---

2 위의 책, 23쪽.

3 차배근, 「탐구하는 인간」, 서울대학교 학생생활연구소 편, 『대학생활과 학문』, 서울대학교 출판부, 1992, 49~63쪽.

유가 학문연구의 분야에 적용되고 구체화될 때, 그것이 학문의 자유가 되기 때문이다.[4]

나는 이러한 학문의 자유를 원하며 **자유인**을 위한 교육을 원한다. 자유인을 위한 교육이란 어떤 대상에 속박되지 않고 "아니오."라고 말할 수 있는 Homo Negans를 길러내는 것이다. 그러나 자유에는 그것이 어떤 자유이든 간에 책임과 평등이 수반되어야 한다. 따라서 자유와 책임의 한계를 스스로 결정해야만 하는 지성이 필요한 점에서 무엇보다도 나를 비롯한 모든 대학생에게 의식화를 위한 자유를 위한 교육이 필요하다. 내가 원하는 자유인은 전문가의 양성이나 실용적인 목적을 위해서 지식을 응용한다는 따위의 의무에도 구애받지 아니하고, 이해를 초월한 지식을 추구하는 인간[5]이다. 학문의 자유인, 자유인이란 단어는 그 자체만으로도 고귀하고 아름답다. 단 하나의 분야만이 아닌 다학문 간의 영역을 자유로이 넘나들며 공부한다는 것은 학문하는 사람, 배우려는 사람만이 누릴 수 있는 특권이다.

대학생활이란 하나의 세대가 자기들의 고유한 활동무대가 전개되었을 때, 새로운 가치 있는 일을 할 수 있도록 준비하는 기간이라고도 볼 수가 있다. 나는 이러한 대학생활에서 창조인이 되기 원한다. 단지 근래의 경향이 창조적 인재에 초점을 둔다는 전제 하에 이러한 생각을 하게 된

---

4 권영성, 「학문의 자유와 대학의 자치」, 서울대학교 학생생활연구소 편, 『대학생활과 학문』, 서울대학교 출판부, 1992, 81쪽.

5 에릭 애슈비, 「미래의 상아탑」, 김철수 외 지음, 『대학생과 학문』, 한국학술정보, 2002, 262쪽.

것은 아니다. 어떠한 학문을 하든지 개념을 정확하게 이해하고, 그것이 어찌하여 쓰이게 되었는가의 역사를 알아둔다면 학문의 이해가 더욱 정확해질 것이다. 그리고 나와 같은 대학생들은 그런 역사 속에서 개념이 형성되는 과정과 그것이 이론 체계에서 하는 역할들을 활발하게 찾아내고 그 체계가 어떻게 변하여 왔는가를 알게 된다면, 그것을 더욱 발전시키는 데 크게 도움이 될 것이다. 하지만 창조하는 법을 배우지 못한 사람은 오늘과 내일의 사회에서 문맹자로, 무능자로 쓸모없는 인간이 되어버리고 만다. 우리는 가만히 앉아서 교육받는 주입식 교육을 받거나 남의 학문을 숭배하는 것이 아니라, 끊임없는 비판을 통해 새로운 지식이나 이론을 만들어내는 창조인이 되어야 한다.

　대학은 학문의 전당이요, 학문은 진리와 탐구를 뜻한다. 대학은 진리 탐구하는 생활의 방식과 기술의 원리를 학문의 초심자들을 상대로 가르쳐 학문 사회의 구성원들을 양성하고, 동시에 진리를 향한 의견과 이론을 개발하여 학문을 성장시킨다. 그리고 이를 사회 일반에 보급하고 사회적 문제의 해결에 기여하면서 인간세계에 봉사한다. 이러한 대학의 의미는 현 사회에서 매우 간과되고 있다. 이 글을 준비하면서 나는 주위의 친구들에게 왜 대학을 다니냐고 물어보았는데, 친구들은 하나같이 취업을 더 잘하기 위해서라고 대답하였다. 한편으로 "공부가 좋아서"라는 답을 기대했던 나는 이 대답에 매우 실망했다. 물론 나중에는 조금 더 그럴싸한 대답을 덧붙였지만 결국 친구들에게 대학은 학문을 탐구하기 위함보다는 취업의 수단인 것이다. 나는 대학을 취업의 수단으로 전락시키기를 원치 않는다.

대학은 나를 무한히 발전시킬 수 있는 학문의 장이라고 생각한다. 그러므로 나는 이 넓고 넓은 학문의 장에서 '앎'을 추구하고 나를 발전시켜 진리를 탐구하는 탐구인, 학문의 자유를 느끼는 자유인, 그리고 새로움을 창조하는 창조인이 될 것이다. 그렇기에 나는 대학을 다닌다. 그리고 나는 자랑스러운 우리나라의, 이 사회의, 숭실대학교 학생이다.

4천만 원짜리 비싼 자격증

신웅수 | 언론홍보 06학번

아버지가 쓰시던 먼지 묻은 장롱 속 카메라가 제 삶을 바꾸어놓았습니다. "찰칵!" 하는 서터 소리가 좋아서 사진기를 자꾸 찾게 되었고, 나중에는 직접 현상과 인화를 하면서 그 냄새와 손맛을 좋아하게 되었습니다. 그렇게 나온 사진은 다른 사람에게 즐거움을 주기도 하고 소중한 추억이 되기도 합니다. 그리고 그 한 장의 사진이 엄청난 영향력을 가질 수 있다는 것도 알게 되었습니다. 자연스레 저는 힘 있는 한 장의 사진을 남기고 싶다는 꿈을 가지게 되었습니다. 전쟁터와 재난 지역의 공포와 아픔을 생생하게 기록하고 전 세계에 알리고 경고하는 사진 기자, 이게 바로 제 꿈이자 장래 희망입니다.

가만히 있는 것보다는 돌아다니는 것을 좋아하는 저의 성격과도 맞고 저에게 재능도 있다고 생각했기에 사진 기자라는 꿈을 키우는 것은 그리 어렵지 않았습니다. 이렇게 꿈이 명확해지니 대학 진학의 기로에서 고민이 줄었습니다. 다만 사진학과를 갈 것인지 신문방송 계열로 전공할 것인지를 선택해야 했습니다. 사진학과를 선택한다면 중앙대학교 사진학과를, 신문방송학과는 서울 소재의 대학이라면 어느 곳이라도 크게 상관없다고 생각했습니다. 다행히 수능 성적은 서울에 있는 신문방송학과를 진학할 수 있는 성적이 나왔고, 사진학과는 그보다 점수가 낮기에 어느 쪽을 지원해도 붙을 수 있겠다는 생각이 들었습니다. 하지만 고교 비평준화 지역인 안동에서, 중학생 때 그렇게 열심히 공부하지 않아 그리 좋지 못한 고등학교로 진학한 저는 서울로 가는 것이 효도라는 일념으로 서울에 있는 신문방송 계열의 학과로 지원했고 결국 숭실대학교 언론홍보학과에 합격했습니다. 사진은 처음부터 독학으로 공부했기에 사진 아카데미를 다니고 독학을 하면 가능할 것이라 생각했습니다.

언론홍보학과에서는 크게 방송과 신문, 광고, PR에 대해 배웁니다. 많은 학생들이 방송사 PD나 신문사 기자 등을 꿈꾸고 있고 신문방송 계열 학과가 이와 직접적인 연관이 있다고 생각하기에 각 대학 신문방송 계열 학과는 경쟁이 매년 심합니다. 저 또한 마찬가지였습니다. 그러나 경쟁을 뚫고 들어와서 본 현실은 제 기대와는 많이 달랐습니다. 신문에 대해 배우고 싶었기에 '언론고시'에 직접적으로 도움이 되는 기사 작성법과 같은 실용적인 학문을 배울 것을 예상했으나 역사와 이론에 치중하여, 언론인보다는 언론'학자'가 되는 커리큘럼으로 짜인 것을 알게 되었습니다. 또한 언론홍보학과는 끊임없이 발전하고 변모하는 미디어를 기초로 하는 학문이기에 커리큘럼이 정형화되지 않았습니다. 그렇다 보니 전혀 다른 수업을 듣지만 같은 내용이 반복되기도 합니다. 예를 들어 〈디지털미디어의 이해〉와 〈뉴미디어의 이해〉라는 과목은 어떤 교수님이 가르치느냐에 따라 내용이 조금 달라질 뿐 거의 동일한 내용을 배우게 됩니다. 오히려 학교의 고시반이나 언론사가 실무적인 부분들을 접하고 더 많이 배운다는 생각이 들 정도로 언론홍보학과는 저에게 적잖은 실망을 안겨주었습니다.

확고한 꿈을 가지고 온 제 실망이 이만큼인데 과연 다른 학생들은 어떨까 생각해봤습니다. 기껏해야 문·이과로 양분되어 6년 간 언어, 외국어, 수리만 집중적으로 배워온 우리들에게 전공 선택이란 매우 어려운 숙제입니다. 대부분의 학생들이 자신의 장래와 직업에 대한 진지한 고민 없이 성적에 따라 학교를 정하고 학과를 선택하게 됩니다. 물론 우연의 일치로 흥미를 느끼는 학생들도 개중에 있을 것이나, 자신의 꿈과 미래에 대한 진지한 고민 없이 대학에 들어온 학생들은 회의를 느낄 수밖에 없습니다. 그렇다고 수능을 다시 보거나 편입, 전과하기에는 기회 비용이 너무나 큽니다. 그동안 들였넌 시간과 학비를 무시하지 못할뿐더러 새로 시험을 준비해 다른 환경에 적응해야 한다는 부담과 걱정 때문에 많은 이들이 이를 포기하고 맙니다. 이런 상황에서 과연 연간 등록금 1000만 원을 내면서까지 대학을 다녀야 하는지를 군대에서 고민하게 되었습니다. 많은 대학생들이 학과 공부에 실망을 하면서도 여전히 학교를 다니는 건 졸업장이 있어야 취업이 가능하다는 걸 알기 때문입니다. 아이러니하게도, 사회에서는 대학 졸업장 없이는 취업을 할 수 없고 취업을 하더라도 비정규직으로 평생을 살아야 하는 것이 현재 대한민국의 현실입니다. 엄청난 취업 난 속에서 대졸이라는 자격 요건을 갖춰야 최소한의 경쟁을 할 수 있기에 어떻게 해서든지 졸업장을 따는 것, 그것이 대학을 다니는 최종 목표로 전락하고 말았습니다. 그 때문에 학생들은 자신이 진정 듣고 싶은 과목보다는 그저 학점만 잘 받기 위해서 학점을 잘 준다는 과목을 골라듣기도 합니다. 학생들끼리 팀 프로젝트를 할 때 일명 '무임승차'를 하거나 시험 기간에 부정 행위를 하는 학생들도 있습니다. 그렇다고 이들을 마냥 비난할 수는 없습니다. 사회가 대학생을 이렇게 만들었고 대학생 또한 스스로가 이런 모습을 만들었다고 생각합니다.

언론홍보학과는 수업마다 4~5명이 한 팀이 되어 팀 프로젝트를 수행합니다. 사례 발표를 하기도 하고 어떤 이슈에 대해 토론을 하고 질의응답을 가집니다. 자신과 성격이 맞지 않는 사람과 하기 싫은 주제를 맡기도 합니다. 한 번의 발표를 위해 수없이 자료 조사를 하고 회의를 하며 역할을 분배해 팀원들 간에 서로 피해를 주지 않기 위해 맡은 몫에 최선을 다합니다. 다른 수업이나 일정, 혹은 자신과의 싸움을 하며 팀 프로젝트 발표를 마치고 나면 작지만 성취했다는 기쁨을 느끼게 됩니다.

이러면서 대학이라는 작은 사회에서 여러 사람들과 어울리고 고생하면서 사회화되는 것이라 생각합니다. 덤이 있다면 자신이 발표한 내용은 잊으려 해도 쉽게 잊혀지지 않고 머릿속에 남는다는 점입니다. 이는 사제 관계, 선후배 관계, 동료 관계, 나아가 사회에서도 마찬가지라고 생각합니다. 본인이 좋아하는 일을 좋아하는 사람들과만 할 수는 없는 노릇입니다. 때로는 갈림길에 서기도 하고 갈등과 시련을 겪기도 하면서, 때로는 혼자, 때로는 동료들과 함께 헤쳐 나가면서 성장한다고 생각합니다. 스스로가 즐기려고 노력하는 적극적인 자세가 있다면 졸업장만 따기 위해 다니는 재미없는 대학 생활도 충분히 매력 있고 흥미롭다는 것을 깨닫게 될 것입니다. 대학이라는 작은 사회에서의 성공과 자신감은 그를 진짜 사회에서도 성공적인 사람으로 성장하도록 디딤돌이 될 것입니다.

또한 자신이 하고 싶은 분야를 구체화시켜 스스로 관심을 가져야 합니다. 학과의 수업이나 교수님이 그 사람을 특화된 분야의 전문가로 만들어주지는 않습니다. 대학에서 배우는 학문이 자신이 생각했던 것과 달리 흥미도가 떨어지고 깊지 않더라도 관심을 가지고 열정과 노력이 쏟아부어야 합니다. 언론홍보학과에는 포토 저널리즘을 연계한 과목이 존재하지 않지만 수업에서 배운 내용을 토대로 스스로 공부하기도 하고, 대학생들을 위한 강좌나 세미나에 참석하여 저 스스로를 전문가로 만들어가고 있습니다.

엄청난 취업난 속에서 대졸이라는 자격 요건을 갖추기 위해 비싼 학비를 내며 공부하고 있지만, 그럼에도 대학은 여전히 다닐 가치가 충분하다고 생각합니다. 자신의 환경에서 최선을 다하고, 자신이 하고 싶은 일을 구체적으로 정해 관심을 가지고 노력한다면 등록금이 아깝지 않은 대학생활을 즐길 수 있을 것입니다.

평범하지 않은 하루를 위해

고석진 | 기계공학 09학번

　대학에서 공부를 한다는 것은 어찌 보면 특별한 것이다. 12년이란 긴 세월 동안 공부를 하여 입학하였고, 그 대학교를 지원한 수많은 경쟁자를 제치고 자기가 택한 과에 들어갔기 때문이다. 대부분의 사람은 12년을 공부하는 동안 "공부를 하는 이유가 무엇인가?"라는 질문에는 자기가 원하는 대학에 진학하기 위해서라고 쉽게 말을 한다. 하지만 "대학에서 공부하는 이유는 무엇인가?"라는 질문에는 뜸을 들이거나, 취업을 위해서라고 답을 한다. 물론 틀린 답은 아니다. 우리나라에 대학에 재학 중인 학생만 해도 수십만 명이고, 그들이 대학에서 공부하는 이유 또한 다양하다.

　대학에서 공부를 하는 이유에는 학문탐구나, 자아실현 또는 취업 등이 있을 것이다. 솔직히 나는 어려서부터 대학에 입학하는 순간까지도 주변에서 다 하니까, 대학교에 가야 된다는 등의 이유로 공부를 했을 뿐 특별한 목적이 없었다. 물론 공부를 하면서 상위권도 경험을 해봤고 하위권 또한 경험을 해보았다. 다만 아쉬웠던 점은 목적 없이 공부를 하다 보니 공부를 함에 있어 열정을 담지 못했다는 점이다. 하지만 군 복무를 마치고부터 많은 생각을 하게 되었다. 다행히도 최근에 그 의문에 대한 답을 어렴풋이나마 찾을 수 있었다.

내가 생각하는 대학 공부의 이유는 미래에 나의 삶에 풍요로움과 행복을 더하기 위함이다. 대학에서 공부한다는 것은 한 가지 분야에 있어서 남들보다 좀 더 깊이 연구할 수 있음을 의미한다. 이렇게 학문의 지식을 깊이 쌓는 것은 취업만이 아니라, 삶을 살아가는 데에도 큰 도움을 줄 수 있다. 또한 대학에 오게 되면 보다 많은 사람들을 만날 수 있고, 그 과정에서 사회를 알아갈 수 있다. 사회는 많은 사람들이 함께 모여 살아가는 곳이기 때문에 수많은 갈등이 오간다. 따라서 사람들 사이의 관계를 잘 다룰 수 있는 능력이 개개인의 능력 못지않게 중요하다. 사회에 진출하기에 앞서 대학교에서 많은 사람들과 어울리며 사람을 다루는 법을 배우고, 사교성을 기른다면 이 또한 대학 졸업 후의 삶에 큰 도움이 될 것이다. 대학 과정을 마친 후 계속해서 학문을 갈고 닦는 것 또한 대학생이 택할 수 있는 멋진 길이다. 대학교에서 자신의 전공분야 이수과정을 마친 후 석사, 박사 학위를 취득하거나 그 분야를 깊이 연구하여 새로운 길을 개척하는 것은 아무나 할 수 있는 일이 아니기 때문이다. 아무도 모르던 사실을 밝혀낸다는 것, 이 얼마나 멋진 일인가!

대학 생활을 하면서 목적을 가지고 공부를 하는 것과 목적 없이 하는 것 간에는 큰 차이가 있다. 목적을 갖고 있다는 것은 적어도 의지가 있다는 것이고, 남들보다 좀 더 구체적인 계획이 잡혀 있다는 것을 뜻하기 때문이다. 이지성 작가의 『스무 살, 절대 지지 않기를…』라는 책을 보면 "나는 생각해. 평범한 사람이 평범하지 않은 하루를 보내기 위해 노력하는 것. 그것이야말로 가장 위대한 일이라고."[1]라는 대목이 있다. 하루라도 구체적인 목적을 가지고 남들과 다르게 대학공부를 하는 것은 그야말로 위대한 일인 것이다. 나는 대학에서 공부를 하는 목적을 찾지 못하고 방황을 할 때 이 책을 읽으면서 정말 많은 감동과 도움을 받았다. 좋은 스펙을 쌓아 취업을 하기 위해 대학에서 공부한다는 것, 어떻게 보면 지극히 평범한 목적이고 누구나 가지고 있는 목적이다. 그러나 이러한 목적을 가지고 구체적인 목표를 세워 공부를 한다는 것은 의지와 열정이 담겨 있는 것이다. 위의 책을 한 번 더 인용하자면 "평범한 것들에 목숨 걸면서 살기에는 네 20대가 너무나도 눈부시게 빛나고 있다는 사실, 알고나 있는 거니?"[2]라는 대목이 나온다.

남들이 다니니까, 대학교에 가야 한다니까, 이런 평범한 이유로 대학을 다니기에는 20대라는 시간은 너무 아까운 시간이다. 지금이라도 늦지 않았다. 자신이 대학에서 공부하는 이유와 목적을 생각해보고 이를 이루기 위해 공부를 한다면 분명 후회하지 않는 대학 생활을 할 수 있을

---

1 이지성, 『스무 살, 절대지지 않기를…』, 리더스북, 2011, 126쪽.
2 위의 책, 같은 곳.

것이다. 나 또한 미래의 나의 삶에 풍요로움과 행복을 더하기 위해 사교
성 기르기, 지식 쌓기, 취업 등 평범하지만 뒤늦게나마 찾은 목적을 가지
고 구체적인 계획을 세워 대학 생활을 해나갈 것이다.

대학? 내 밥은 내가 먹는다!

김석진 | 글로벌미디어 11학번

　인간의 일생을 드넓은 우주의 시간과 비교해보면 너무도 짧다. 그래서 스티브 잡스는 그 짧은 순간을 반짝 빛내기 위하여 우주 역사에 남을 만한 작품을 만들려고 그렇게 노력했을까? 이 짧은 인생 중에서도 청춘, 20대는 특별한 시간이다. 20대는 청소년의 번데기에서 막 벗어나 높고 푸른 저 하늘 너머로 비상을 준비하는 시기이기에 그 어느 시간보다 중요하나. 하시만 이 대한민국에서는 수많은 날개들이 그 꿈을 접고 땅으로 기어가는 것을 택하고 있다.

　20대 당신에게 대학은 밥을 떠먹여주지 않는다! 대학의 입장에서 당신은 고객이다. 고객이긴 하지만, 그렇게 중요하지도, 특별하지도 않은 대한민국의 무수한 대학생 고객 중 하나일 뿐이다. 그렇기 때문에 우리는 우리의 피 같은 등록금을 낸 만큼 대학에서 뽑아내야 한다. 그것이 장학금이든 어학연수든, 동아리활동이나 봉사활동이든 우리는 그만큼 뽑아낼 권리가 있다. 그렇지 않으면 당신은 유효 기간이 1년뿐인 오천만 원짜리 졸업 증서를 가지고 이리저리 방황하다가 결국 길을 잃게 되고 말 것이다. 가수 god의 '길'이라는 노래 가사를 보면, "나는 왜 이 길에 서 있나, 이게 정말 나의 길인가? 이 길의 끝에서 난 웃을 수 있을까?" 하는 구절이 있다. 자신의 정체성과 진로에 대해 고민할 때 이 노래를 틀어보라. 가슴을 찔러오는 통증을 느끼리라.

우리는 이 오천만 원짜리 졸업 증서를 받기 위해 이리 치이고 저리 치이고 애를 쓴다. 하지만 남는 것은 상처뿐인 자신, 그리고 늘어만 가는 빚더미다. 현진건의 「운수좋은 날」에 "육시럴 돈!"이라는 욕이 나온다. 나는 매학기 등록금 내는 것이 두렵다. 500만 원은 어느 높으신 댁 개 껌값이 아니다. 그 돈은 당신과 당신 가족의 살이자 피다. 우리가 학기 초마다 등록금 인상 반대 시위를 하는 것도 그 이유다. 물가 인상을 이유로 등록금을 인상하고 한번 올리면 절대로 낮추지 않는 학교는 더 이상 낭만과 순수의 학문의 장으로서의 의미를 잃은 지 오래다. 대학의 문을 두드려라. 그러면 열리지 않을 것이다. 진리와 자유는 부패해져만 가고, 공중에 뜨는 이월금은 통장에서만 왔다 갔다 하며 다음해에는 깔끔히 사라지는 숫자상의 액수일 뿐이다.

김석진은 대한민국의 중·고등 교육을 정상적으로 마치고 대학교에 입학했다. 그 과정에서 한때 친구였던 수많은 경쟁자들을 내 뒤로 밀치고 밟았다. 그리고 입시라는 전장을 헤쳐나오기 위해 쓴 총탄은 모두 돈이다. 그리고 또다시 등록금이라는 산을 넘기 위해 신발 바닥에 돈을 붙이고 등반을 하고 있다. 그리고 지금은 대학 밥을 먹고 있는 중이다. 중·고등 입시교육을 거치면서 말랑말랑했던 뇌는 돌덩이가 되고 사고는 획일화되었다. 학생들은 공장에서 찍혀나온 완제품 같다. 대학 가는 것이 교육의 목표인 고3에게는 선택권이 없었다. 공부를 열심히 해서 좋은 대학에 가는 것이 신분 상승의 유일한 길이었고 사회에서 성공하는 초석이라고들 하였다. 하지만 기껏 대학에 들어온 김석진은 막막했다. 무엇을 어디에서 언제부터 할 것인지 몰랐기 때문이다. 대학은 당신에게 밥 먹여주지 않는다.

김석진은 그래서 공부를 시작했다. 자신의 불확실한 미래를 알고서도 일부러 외면한 채 대학에서 하라는 대로 1학기를 보냈다. 그 사이에 누군가는 군대를 가고, 누군가는 자퇴를 하였지만, 김석진은 공부를 하였다. 대학에서 책을 읽고 독후감을 써야 졸업할 수 있다고 한다. 하지만 책은 읽기 싫다. 고등학교를 지나면서 책에 대한 낭만은 접어둔지 오래다. 필수도서로 읽으라는 70권도 모두 하나같이 어려운 고전이다. 모두 인격 형성에 도움이 되는 주옥같은 명작들이긴 하지만, 학교 측에서 멋내기용으로 일부러 고른 듯한 70권을 읽으라니 김석진은 짜증이 솟구쳤다. 하지만 그래도 70권을 읽을 것이다. 그래야 졸업하니까.

스무 살 대학생에게는 선택권이 그리 많지 않다. 내 밥그릇 챙기기도 버겁다. 같은 과 선배 누나의 말을 빌리면, 나를 제외한 모두들이 화려하게 채색된 상태로 꿈을 향해 나아가는 모습들이 보인다고 한다. 하지만 정작 나 자신은 깨지고 정지된 흑백사진의 모습으로 남아 있다. 누군가는 대학교에 오는 것이 다른 누군가의 선택에 의한 것일 수도 있다. 자신의 꿈과 비전을 접은 채로 말이다.

그래서 김석진은 대학공부를 한다. 대학공부라고 해서 꼭 전공 공부만을 하는 것은 아니다. 대학에 다니면서 대학생활을 마음껏 만끽하는 것이 대학공부이다. 동아리 활동을 하면서 다른 과 사람들을 만나고, MT를 가서 술 한 잔을 하며 진지한 대화를 하는 것이 대학공부이자 낭만이다. 네이버의 웹툰 〈오늘의 낭만부〉에서와 같이 대학에서 낭만을 추구하는 것이 진짜 대학공부이다. 동아리에서 나는 대학을 배웠다. 전공 과목도 전공 과목이지만, 나는 동아리 활동을 하면서 정말 많은 분야의 정보들을 얻었고 내 비전을 이루는 흔치 않은 기회를 잡으려고 하고 있다.

우리 모두는 자신만의 꿈이 있다. 그 꿈의 크기가 크든 작든, 그것은 당신만의 소중한 꿈이다. 꿈은 상상하는 것만으로도 입가에 미소가 번지며 몸이 즐겁게 반응한다. 대학공부는 바로 그 꿈을 이루기 위한 초석이다. 나에게는 꿈이 있기에, 그리고 그 꿈을 꼭 실현하고 싶기에 대학을 다니면서 공부하고 있다.

다시 한번 강조하지만 대학은 당신에게 밥을 먹여주지 않는다. 자기 밥은 자기가 챙겨 먹어야 한다. 적어도 20대라면 말이다. 그러니까 대학에서 내가 어떠한 위치에 있고, 또 이 위치에서 무엇을 얻을 수 있는지 냉철하게 판단해보고 행동하라. 이 판단을 세우기 위해 공부하라. 꿈을 위해서, 낭만을 위해서!

독문과에서 디딤돌을 발견하다

이은수 | 독어독문 11학번

　인문학부 대다수의 학생들이 그러듯이 저는 독어독문학과를 원해서 온 것이 아니라 점수에 맞춰서 오게 되었습니다. 그래서 수시에 합격을 한 이후로도 많은 생각을 하였습니다. 내가 과연 독어독문학과에 가서 잘 적응할 수 있을까, 그곳에서 무엇을 얻을 수 있을까 등의 질문들을 제 스스로에게 던지며 저의 미래를 고민해보았습니다.

　그 결과 제가 고3 때부터 관심을 갖고 있던 무역 관련 일에 독일어가 득이 될 수 있다는 것을 알게 되었습니다. 요즘 영어는 너무 많은 사람들이 필수로 하고 있기 때문에 영어 하나만 잘해서는 경쟁 사회에서 살아남을 수 없다는 것을 많이 들어왔습니다. 이런 상황에서 제가 하고 싶은 일은 무역이었습니다. 무역은 다른 나라와의 교류를 주로 담당하는 분야이니까 영어를 기본으로 하고, 독일어까지 구사할 수 있다면 큰 장

점이 되리라 생각하였습니다. 독어독문학과에 입학한 것이 제 꿈에 도움
이 된 것입니다.

사실 고등학교에도 제2 외국어라는 과목이 있기는 하지만 주요 과목
들에 집중해야 하기 때문에 제2 외국어를 제대로 배울 수 있는 기회가
없었습니다. 독어독문학과에 들어옴으로써 다른 나라의 언어를 제대로
배울 기회가 생긴 것입니다. 저처럼 언어를 사용하는 직업을 희망하는
학생들에게 대학 교육은 꼭 필요합니다. 언어 학원도 있긴 하지만 학원
비가 너무 비싸서 대학과 함께 다니기가 현실적으로 힘듭니다. 때문에
외국어 전공 학과에 들어가서 그 언어를 기초부터 배우고, 원어민 교수
님에게 회화도 배울 수 있는 기회는 대학 교육에서만 얻을 수 있다고 생
각합니다. 결국 대학 교육은 특정 분야의 직업을 희망하는 학생들에게
그 직업에 필요한 기본 능력을 갖추도록 도와줍니다.

또한 대학 교육에서 얻을 수 있는 것은 사회성이라고 생각합니다. 사
회에 나가서 직장을 얻고 살아가는 데는 사람과 사람의 관계가 중요합
니다. 그러나 고등학교까지의 교육에서는 자신의 성적을 관리하는 것
에 중점을 두기 때문에 여러 사람들을 만날 기회가 거의 없습니다. 하지
만 대학교는 다릅니다. 각종 동아리 활동을 할 수 있을 뿐 아니라 과에
서도 여러 활동을 하고 무엇보다 선배님들과 많은 이야기를 나눌 수 있
습니다. 물론 인원이 너무 많은 과는 그런 것들이 어렵다고 합니다. 하지
만 저희 과는 선배님들과 정말 사이가 좋고 과방에서 자주 이야기를 나
누곤 합니다. 저는 또한 KUSA라는 동아리를 하면서 선배님들을 대하는

데 어려웠던 점들을 많이 고칠 수 있었고, 다른 학과 친구들도 많이 만나서 여러 이야기들을 나눌 수 있게 되었습니다.

이런 생활들을 하면서 저는 정말 진실된 관계와 표면적 관계의 차이를 느낄 수 있었습니다. 표면적인 관계의 사람들과는 형식적으로 인사를 나누고 마음을 터놓고 얘기를 하지 않습니다. 하지만 진실된 관계를 맺고 있는 사람들에게는 제 속마음을 터놓을 수 있을 정도로 많이 가까워졌습니다. 사실 대학에 오기 전에 여기저기에서 대학 친구들은 나중에 필요할 때 도움을 요청하려고 사귀는 것이기 때문에 진심으로 친해지기는 어려울 것이라는 말을 많이 들었습니다. 저 또한 그렇게 생각하고 있었습니다. 물론 대학 생활을 한 지 얼마 되진 않았지만 정말 단순히 인맥을 위해 활동을 하는 사람들이 몇몇 보이긴 했습니다.

하지만 제가 동아리 활동과 학과 생활을 해본 결과 자신이 먼저 마음을 열고 상대방을 진심으로 대한다면 대학에서도 충분히 진정한 친구를 만들 수 있다는 것을 알게 되었습니다. 대학에선 이러한 여러 가지 경험을 할 수 있는 것입니다. 대학에 입학하고 선배님들, 동기들과 함께 지내면서 윗사람을 대하는 방법과 전혀 몰랐던 사람들과 함께 지낼 수 있는 방법들도 배우게 되고, 누군가를 내 사람으로 만드는 방법도 알게 되었습니다. 이처럼 대학은 많은 사람들을 만나고, 그 사람들과 함께 여러 가지 활동을 함으로써 이전에는 갖기 어려웠던 사회성을 기를 수 있는 기회를 주는 곳입니다.

마지막으로 대학은 자신이 하고 싶었던 일을 해볼 수 있는 기회가 많은 곳입니다. 저는 예전부터 지속적으로 하는 봉사 활동을 하고 싶었습니다. 그래서 대학에 입학하면 꼭 봉사 활동을 해봐야겠다는 생각을 가지고 있었습니다. 그 후에 동아리 홍보 포스터들을 보았는데 봉사 활동에 관한 동아리가 정말 많았습니다. 그래서 그 중 가장 괜찮아 보이는 동아리에 지원하게 되었습니다. 결국 지금 매주 수요일마다 복지 센터에 가서 아이들을 가르치는 봉사 활동을 할 수 있게 되었습니다. 만약 동아리에 들지 않고 혼자 하려고 했었더라면 아마 하지 못했을 것입니다. 동아리에서 단체로 신청을 받고 다 같이 가서 하는 활동이었기에 선뜻 참여할 수 있었던 것입니다.

결국 저는 대학 교육을 제 꿈을 이룰 수 있는 기회를 얻고, 부족한 사회성을 기르고, 경험해보지 못했던 다양한 것들을 해보기 위해 받고 있습니다. 아직도 약간 낯설기는 하지만 제 꿈과 미래의 생활을 생각하면서 학업에 집중하면서 최대한 여러 가지 활동을 할 계획입니다.

내 삶에 원칙이 없으므로

임정민 | 경영학 10학번

　유치원에 다니던 시절, 나의 꿈은 화가였다. 만화영화에 나오는 캐릭터를 너무 좋아했기 때문에 누군가 나에게 꿈을 물어보면 언제나 화가가 되고 싶다고 했다. 언제는 이 말을 들은 할머니가 "에이, 그런 거 하면 힘들어."라고 하셨다. 지금 생각하면 그런 할머니를 충분히 이해하지만, 이 말을 들은 나는 어린 나이에 혼란스러웠던 기억이 난다. 그림을 그리는 것이 힘들다는 것일까, 아니면 돈을 버는 것이 힘들다는 것일까? 성장해 가면서 부모님께서 돈을 아끼시는 모습을 자주 봤고, 집안에 돈이 부족했을 때도 있었다. 그래서 돈이 내가 쓸 수 있는 것보다 더 많아지면 더 나은 삶을 살 수 있을 것 같았다. 이런 환경에서 자란 나는 나의 진로를 경영학부로 정했다. 경영학과로 졸업하면 취업이 수월하다고 생각했기 때문이다. 내가 대학에 진학한 이유는 학문탐구를 통해 내적 만족을 추구하기 위해서가 아니라 오로지 돈을 번다는 목적 때문이었다. 그래서 가─나─다 군 원서를 모두 경영학부로 썼고, 집에는 숭실대학교에서 보낸 합격 축하 편지가 날아왔다.

이렇게 내가 대학에 진학한 이유를 생각해보니 허전했다. 학교는 물론 더 높은 곳을 바랐지만, 결국은 내가 원했던 경영학과에 진학했다. 어느 정도 내가 원하는 만큼 목표를 이루었다고 생각했음에도 허전한 마음은 계속 있었다. 생각해보니 고등학교 땐 대학 진학이 가장 큰 목표였는데 그 목표를 이루고 난 길을 잃은 것 같았다. 이에 대해 내가 참고한 대학 생활과 관련된 책에서는 다음과 같이 말해주고 있다.

> 매주 수업을 의무감으로 마지못해 참석하고 그저 학사경고를 피하며 대학졸업장을 따기 위해서 매 학기에 시험에 응한다면, 대학 생활이 얼마나 무미건조하고 공허하겠는가? 행복하고 성공적인 삶의 중요한 요건은 목표를 지니는 것이다. (중략) 뚜렷한 목표를 지닌 사람은 오늘 자신이 무엇을 해야 하는지 분명한 목표의식 속에서 의욕적으로 생활을 영위하게 된다. 그 결과 성공적인 결과를 만들어 내고 목표에 다가가는 신선감 속에 행복감을 느끼게 된다. 이것이 행복에 대한 심리학 이론 중 하나인 목표이론의 핵심이다.[1]

---

1 권석만, 『인생의 2막 대학생활』, 학지사, 2010, 136-137쪽.

대학에 와서 1학년 때는 술을 자주 먹었다. 좋은 학점을 받는 것은 일찍 포기했고 수업에 잘 나가지도 않았다. 결국, 1학년 1학기 때 학사경고를 받고 충격을 받았다. 지금 보니 대학에 진학한 후에는 목표가 없었다. 말 그대로 수업을 의무감으로 참석했고 공부도 마지못해 해서 결과가 항상 좋지 않았다. 그래서 윗글을 읽고 대학생활을 할 때, 새로운 목표가 필요하다고 생각했다.

며칠 전에 읽은 기사 중에 부자들의 생각과 일반인들이 하는 생각은 어떻게 다른지를 설명한 글이 있었다. 일반인들의 지극히 대중적인 목표 중의 하나는 마흔 살이 되기 이전에 빌딩을 하나 소유하는 것이라고 한다. 그 이유는 빌딩의 주인이 된다면 매달 세입자들이 내는 임대료 수입으로 안정적인 노후가 보장되기 때문이다. 마흔 살 이전에 빌딩을 소유하는 것으로 목표를 정한 것은 구체적인 목표라고 할 수 있다. 기사에서는 이 목표에는 원칙이 없다고 한다. 원칙을 세운다는 건 인생에서 무엇이 중요한지 기준을 세우는 것이다.

미국의 부자 6,000명 이상을 심층 인터뷰해 정리한 『새로운 부자들』(마젤란)이라는 책에서 부자들은 열심히 일하는 것, 즐길 수 있는 무엇인가를 하는 것, 성실한 것, 늘 배우려는 자세를 가지는 것 등을 삶의 중요한 가치로 자녀들에게 가르쳤다. 또 이 책에서 한 부자는 자식에게 "무슨 일이 있어도 원칙 위에다 목표를 세워라."라고 충고했다. 또 다른 부자는 "중요한 건 돈이 아니라 어떻게 사느냐. 중요한 건 뭘 갖고 있느냐가 아니라 네가 어떤 사람인가다."라고 가르쳤다고 한다.[2] 맞다. 내가 손에 쥐고 있는 것이 중요한 것이 아니라 내가 어떤 사람인 것이 중요한 것이다. 그런데 나는 내가 가진 것이 나의 모습이라고 생각했다. 이 기사를 읽고 가슴 속으로 느끼는 것이 있었다. 무작정 대학에 진학한 나는 원칙이 없었다. 대학을 취업의 관문 정도로 생각하고 있는 나에게 누군가 인생의 목표를 묻는다면 "돈을 많이 버는 것"이라고 답했을 것이다. 여기에도 원칙이 없다.

이때까지 나는 주변에서 공정함이 필요한 일에 혈연, 지연이 작용하는 것부터 로비, 정경유착과 같은 사회의 부조리를 보면 화가 치밀어 올랐다. 관련된 이미지로 추문이 있었던 후에 휠체어를 타고 나타나던 대기업 회장님이 떠오르고, 정계 인사들의 뇌물 수수혐의를 보도하던 기자도 떠오른다. 지금도 이런 소식들을 뉴스에서 접할 때마다 정의감에 불타오르며 나는 절대 저런 사람은 되지 않겠다고 다짐한다. 그래서 이런 것을 나의 원칙으로 삼아보기로 했다. 나중에 위와 같이 열심히 일하는 것이나 즐길 수 있는 무언가를 찾는 것으로 바뀌더라도 지금은 내가 진심으로 느끼는 것을 원칙으로 정해야 한다고 생각했다. 원칙을 정하고 나니 목표를 정하는 일은 어렵지 않았다.

중·고등학생 때 나는 꼼꼼하고 차분한 성격 덕에 반에서 회계나 서기

---

2 권성희, 「부자들의 인생 목표, 평범한 사람과 이게 다르다」, 『머니투데이』, 2011. 11. 11.
http://www.mt.co.kr/view/mtview.php?type=1&no=2011111116053681844&outlink=1

일을 줄곧 했다. 반 친구들의 돈을 걷거나 회의 내용을 글로 정리하면서 장차 이와 관련된 일을 하고 싶었다. 그리고 현재 경영학부 내에서 배우고 있는 회계라는 학문에 남다른 매력을 느끼고 있다. 내 전공인 경영학부는 졸업할 때, 이수 학점에 따라 회계학과와 경영학과 졸업을 구분하여 표시할 수 있다. 회계에는 좋은 성적을 주지 않는 교수님이 많고, 학문의 특성상 어려운 부분이 많아서 대부분 경영을 선택한다. 하지만 이래도 나는 회계가 좋고, 나의 성격과도 맞는다고 생각한다. 그래서 앞으로 회계 관련 직업을 통해 기업의 재무 상태를 정확히 파악하는 일이나, 회계 감사를 통해 부정한 기업을 색출해 내는 일을 하는 것을 목표로 정했다. 아직 목표가 구체적이지는 않지만, 목표의 방향을 잡은 것만으로도 삶에 의욕이 생겼다.

이렇게 내가 대학에서 등록금을 내가며 공부하는 이유가 생기니 더는 의무적으로 수업에 참석한다는 생각은 없었고 학과 공부도 시험에 나오지 않는 것이라도 호기심이 생기고 더 알아보고 싶은 마음이 생겼다. 고등학교를 졸업하고 대학에 진학한 후에 자유분방함을 만끽하는 것도 중요한 일이다. 하지만 그중에도 자신이 정말 지키고 싶은 원칙을 찾아야 한다. 남들과 같은 목표를 세우는 것보다는 먼저 자기만의 원칙이 필요하다. 나만의 원칙을 세우고, 그 위에 목표를 세우는 일만큼 내 인생을 알차고 아름답게 하는 것은 없다고 생각한다.

Part 3.

지식의 미로에서 성찰하다

우린 아직 젊지 않은가!

강상모 | 건축공학 06학번

나는 왜 대학에서 공부하는가? 이 질문은 이제 4학년으로서 곧 대학을 떠나는 나에게 처음 등교를 한 이후부터 줄곧 나를 떠나지 않았던 질문이다. 나는 재수를 했다. 그만큼 남들과는 다르게 대학이라는 목표만을 가지고 1년을 더 보냈던 셈이다. 그렇게 들어온 대학에서 캠퍼스의 낭만을 느끼고 많은 깨달음과 경험을 얻을 수 있을 거라 기대한 내 생각은 부서졌다.

대학생들은 대부분 목표를 나처럼 캠퍼스의 낭만도 경험도 아닌, 오로지 스펙을 쌓아 좋은 기업에 취직하는 것으로 잡는다. 이런 대학생의 생각에 맞게 대학도 변화하고 있는 것 같다. 경험상 2006년도의 1학년 때와 지금의 대학 캠퍼스를 비교하자면 가장 큰 변화는 도서관에 사람들이 붐빈다는 사실이다. 4학년들은 물론이고 1학년 때부터 자격증을 따기 위해 공부하는 학생들도 아침부터 상당수 도서관 자리를 꿰차고 있다. 학생식당 앞의 현수막에는 사법고시, 회계사, 기술고시 1차 합격자가 몇 명인지, 학교에서 50만 원씩 지원도 해준다는 내용이 쓰여 있다. 뿐만 아니라 각각의 학과에서는 토익 점수, 각종 자격증을 따게 하기 위해 지원금을 지급하기도 한다. 대학이 학문과 배움의 전당이라는 말이 무색할 정도로 취업을 위한 장소로 변모하고 있는 것을 반증해주는 증거이다. 사실상 그럴 수밖에 없는 현실이다. 교양과 학문을 갈고 닦는다는 대학의 숭고한 목적도 서민들의 물가상승, 취업 대란 등의 실질적인 생존의 위기에선 부질없는 것으로밖에는 들리지 않는 것이다.

대학의 등록금은 기본적으로 한 학기 400~500만 원선이다. 그 외에 교통비, 식비 등 생활에 드는 돈 등을 종합적으로 따져봤을 때 대학생 한 명을 졸업시키는 데 드는 돈은 1억 원 이상이라 생각한다. 보통 직장인의 월급 300만 원 가지고는 식비, 교통비, 대학생의 등록금을 대기에도 빠듯한 것이다. 물가는 끝을 모르고 상승하는데, 월급은 오르지 않는다. 그나마도 형편이 좋지 않은 가정에서는 학자금 대출을 해서 학업을 이어 나간다. 취업은 개인의 미래뿐만이 아니라, 실질적으로 학자금으로 빌린 돈을 갚고 가정의 생존을 이어가는 유일한 통로가 되는 것이다.

대학생들이 취업대란에서 살아남아 사회에 첫발을 내딛기가 참으로 어렵다는 사실은 우리를 슬프게 한다. 나를 봐도 숭실대 건축과를 나오면 전국 대학 수만 명의 건축학과 졸업생중 하나로밖에 취급되지 않는다. 타 학교와는 다르게 엄청난 지식을 가르치는 것도 아니고, 사회에 맞서 싸울 수 있는 나만의 특별한 무기를 가지게 되는 것도 아니다. 다른 학교 동일한 과에 대한 이야기를 들어보면 배우는 내용도 비슷비슷하다. 성적마저도 재수강 제도가 있기 때문에 누구나가 3.5 이상을 받게 되어 현실적으로 기업이 학생을 평가할 때 학교에서 얼마나 잘 교육받았나에 초점을 맞추는 것도 아니다.

이런 현실에서 기업이 대학 졸업생 중에 능력 있는 사원을 뽑기 위해서는 학교에서 배운 내용보다는 개인의 자격증, 어학 능력, 경험들을 종합해서 평가하게 된다. 그렇게 10명을 뽑는 과정에서도 경쟁률은 200:1을 훌쩍 넘기는 비정상적인 취업 경쟁이 나타나는 것이 지금의 현실이다. 이렇게 되면 취업 준비생들은 학교에서 배우는 교양과 학문의 내용보다 실무 관련 자격증 공부와 해외 어학연수 경험을 통한 어학 능력 발달, 봉사활동, 공모전 등의 부분에 관심을 모을 수밖에 없는 것이다.

이러한 상황에서 내가 진정 보고 따르고자 하는 것은 암울한 사회를 사는 개인의 비관적인 모습이 아니다. 어떠한 고난에도 자신의 비전을 갖고 세상을 밝게 하려는 '의지인'의 모습이다. 언젠가 인간극장에서 존스 홉킨스 병원에서 휠체어를 타고 다니면서 환자들을 돌보는 한국인에 대한 이야기를 본 적이 있다. 그분은 어릴 적 촉망받는 체조선수로 활동했으나, 불의의 사고로 척추가 손상되어 좌절했던 분이다. 이분은 '삶은 언제라도 버릴 수 있다.'는 생각과 함께 괴로움 속에서 살다가 어느 순간 자기와 같은 환자들을 치료해주는 의사가 되겠다는 꿈을 키우게 된다. 결국 의사가 되어 존스 홉킨스 병원 신경의학과에서 실력 있는 의사로 활동하고 있었다. 그 프로그램을 보면서 나 스스로에게 조용하게 질문을 해본 적이 있다. '난 정말 제대로 살아가고 있는 것인가?' 사실 난 내가 어떠한 길로 갈지는 알지 못한다. 인생의 길은 언제나 내 발자국이 가는 대로 따라 그려지는 것일 뿐이니까. 다만 한 가지, 자신이 간절히 원하고 지금의 현실에서 비전을 가지고 노력한다면, 사회가 어떻든, 경제가 어떻든, 그 열정을 꺾을 수는 없을 것이라 생각한다.

취업을 하더라도 단지 남들에 휘둘려서 뭘 하는지도 모르고 하는 것이 아니라, 자신의 비전에 맞춰서 하는 것이 의미가 있다. 부디 모든 한국의 대학생의 가슴에는 학자금 대출의 그늘 속에서 취업만을 바라보는 우울한 현실이 아니라 살아 숨쉬는 비전과 함께 열정이 있는 밝은 미래가 있길 바란다. 우린 아직 젊지 않은가! 꿈도 많고 패기 있는 20대를 산다는 것은 그것만으로도 축복받은 일이다. 이 시대를 살아가는 20대의 대학생들이여, 나를 비롯해서 모두 파이팅이다!!

학교, 그리고 대학에 대한 상념

윤루아 | 독어독문 11학번

학교는 2차 사회화 조직이다. 물론 첫째로는 '배울 수 있는' 기관이겠으나, 사람들은 학교의 기능으로서 학습 기능만큼이나 사회화 기능을 중요하게 꼽는다. 오래 전 아리스토텔레스는 이미 "인간은 사회적 동물"이라고 말했다. 또한 그는 만일 어떤 인간이 사회적이지 않다면, 인간이 되기에 부족한 것이라고 보았다. 나는 이 말에 동의한다. 개인의 삶에 있어 사회성과 사회생활은 확실히 중요하며 큰 부분을 차지한다.

이러한 것은 사실 학교에 입학하고 나서, 학교에서 배우게 되는 것이다. 내가 초등학교에 입학할 당시에 물론 학교의 여러 기능을 고려하며 입학한 것은 아니었다. 그때 초등학교에 입학해야 하는 이유를 고민해봤던 기억은 없지만, 아마도 학교는 공부를 하는 곳이라는 관념이 다른 무엇보다 강했을 거라 추측한다.

그 후 나는 초등학교부터 중학교를 거쳐 고등학교로, 순탄한 듯 보이지만 순탄하지만은 않게 교육 과정의 수순을 밟았다. 나의 의사나 고민과는 상관없이 시간은 무심하게 흘러갔으며, 그러는 중에도 내게 있어 학교란 '친구를 제공해 주기도 하는 학습기관'이라는 생각이 여전히 지배적이었다.

한편 조금씩 머리가 크는 것에 맞춰, 고민이 늘어갔다. 마침내 고등학교에 다다른 후부터는 학교에 반하는 여러 가지 생각들이 꼬리에 꼬리를 물고 생겨났다. 학교라는 곳에는 학생과 교사를 포괄하는 많은 사람들이 있는데, 그런 곳에 매일 가야 한다는 것 자체도 내게는 스트레스라는 사실을 깨달았다. 일단 대학교에 들어가고 보자는 식으로 교육받고, 외려 대입을 위한 공부를 하다가 남는 시간에 진로 탐색을 해야 하는 현실은, 본말이 전도된 게 아닌가 하는 생각도 들었다. 아이들 개개인의 신체 리듬은 고려하지 않고 모두가 같은 시각에 등교하여 공부를 해야 하는 것, 내가 대학에 가서 전공하고 싶은 것과 무관한 과목에 시간을 많이 투자해야 하는 것 등 세세한 것까지 전부 압박으로 느껴졌다. 학교라는 곳이 내가 생각해왔던 것과 달리 학문을 가르치는 것에 있어서조차 비효율적이라는 데에까지 생각이 미치자, 학교를 다니는 것에 회의가 들었다.

결과적으로 보자면 학교는 나에게 사회화도 제대로 가르쳐주지 못한 게 틀림없다. 사회성이 어째서 내 삶의 중요한 요소인지조차 깨닫지 못한 채 고등학교를 자퇴했으니 말이다. 사실 학교가 중요한 사회화 기관이라는 것을 배우고 난 뒤에도 나는 학교에 그런 의미는 많이 두지 않고 다녔다. 그래도 역시 학교는 첫째로 '좋은 배움의 장'이 되어주어야 한다고 여겼던 것이다. 학습자로 하여금 더 다양한 것을 더 효과적으로 배울 수 있게 하는 것이 학교의 최우선 목표가 되어야 한다고 생각했다. 그랬기 때문에 내가 학교라는 곳에 3년이라는 긴 시간을 투자하려면, 일단 그곳이 내가 원하는 최소한의 것을 제공할 수 있도록 바뀌어 주어야 했다. 그러나 그러지 못했다. 나에 맞춰서 바꿔달라고 요구할 수 없다는 것을 잘 알고 있었다. 그랬기에 그때는 수능 공부를 성실히 하는 동급생들이 무조건 원망스럽기도 했다. 그들이 각자 미래와 자기 자신에 대해 얼마나 많은 성찰을 했는지도 상관 않고 그저 극단적으로, 기성 세대의 가르침을 아무런 비판 없이 수용해버리는 허수아비들로 여기기까지 했다.

그런 상태가 되니 나는 더더욱 소속감을 느낄 수가 없었다. 얼마나 많은 학생들이 나 같은 생각을 하며 살고 있는지는 사실 문젯거리가 아니었던 것이다. 어쨌든 학교라는 기관은 그런 기관이었고, 나는 그런 곳에 더 다닐 수가 없었다. 그것이 중요했다.

지금 되돌아보아도 나에게 고등학교가 불필요한 곳이었다고 단언할 수는 없다. 자퇴 후에는 그나마 학교생활로 유지하고 있었던 약간의 공부도 하지 않게 되었던 데다, 마냥 하고 싶은 것만 골라 하면서, 어찌 보면 허송세월을 보내게 되었던 것이 사실이니까. 그러나 자퇴한 것을 한 번도 후회하지는 않았다. 자퇴를 함으로써 달리 얻은 것이 많았기 때문이기도 하지만, 무엇보다 나 스스로 준비가 되었다고 느낄 때에 대학교를 갈 수 있게 되었던 게 그때로써는 가장 큰 이유였다.

그러니까 그즈음 나는, 고등학교가 내게 제공해주길 바랐던 것과 동일한 것을 대학교에 대해서도 바라고 있었다. 아니, 대학교라는 곳은 고등학교보다도 더, 내가 품은 학교의 이상에 가깝기를 바랐다. 고등학교에서 얻지 못한 것들을 대학교가 충족해줄 수 있을 거라고 믿었다. 고등학교보다는 불친절하더라도 더 양질의, 전문적인 교육을 받을 수 있을 거라고, 같은 전공을 하는 사람들이니만큼 같은 것에 몰두할 것이며 그들 간의 학문적 소통이 대학생활의 주가 될 거라고 환상 아닌 환상을 품고 있었던 것이다. 그러한 상상을 하며 대학교에 입학하게 되었다.

그 뒤 나는 학교의 분위기가 내가 생각했던 것과는 사뭇 다르다는 걸 실제로 깨닫고 실망했다. 그때 나는 생명화학공학부였는데, 학교 새터에서는 생명공학과 화학공학 자체에 대한 것보다 주로 졸업 후 취업 이야기를 했다. 적어도 내가 느끼기에는 그랬다.

물론 공학이라는 학문 자체가 실용성을 지향하기에 그런 경향이 있을 수밖에 없는지도 모른다. 취업 역시 대학생의 입장에서 매우 중요한 일인 것 역시 맞다. 그리고 우리 학부의 모든 학생이 순수한 학구열보다 실리적인 것을 중시하지는 않았을 것이다. 그러나 모든 것을 떠나서 그 분위기는 너무나도 나와 맞지 않았고, 사교성이 좋지도 않은 나로서는 그 수많은 사람들과 얘기를 나누어, 나와 비슷한 생각을 가진 이들을 찾아낼 자신도 없었다. 결국 거기에 기타 여러 이유가 포개지면서, 대학교에 가면 열심히 학문하고자 했던 마음은 점차 사그라졌다. 표면 상 학교를 다니고 있긴 했으나 나의 생활은 입학 전과 다를 바가 없었다. 그때 느꼈던 실망감은 상당히 컸기에 같은 실망을 되풀이하는 것이 두려워졌다. 그래서 나는 대학교, 좁게는 한국의 대학교 전체에 불신을 품게 되었다.

그런데도 내가 다시 수능 시험을 치고 거듭 대학교에 간 것은, 마음 한구석에 미량이나마 환상의 조각을 남겨두고 있었기 때문이리라. 또한 당시 내가 한국의 한 대학교에 실망을 했다고 해서 시험 삼아 유학을 갈 수 있는 상황도 아니었거니와, 잃어버린 학구열을 되찾고 싶은 마음도 강했던 게 사실이다.

하지만 의문은 남아 있었다. 말하자면, 전문적인 교육을 받을 수 있는 곳이 비단 대학교만 있는 것은 아니다. 그렇다고 내가 '간판'을 그렇게 중히 여기는 것도 아니다. 그렇다면 학원을 다녀서 원하는 바를 얻을 수도 있고, 독학을 할 수도 있을 것이다. 물론 내가 품었던 환상에는 '소통'도 포함되어 있긴 하지만, 소통이라는 것은 소규모 스터디 그룹 같은 데에서도 가능하다. 그런데 공부를 하는 장소가 왜 군이 대학이어야만 하는가? 나는 꽤 오래 전부터 이따금씩 고개를 치켜들었던 이 질문에 답을 내리지 못해 한참을 갈팡질팡했다. 그러다 얼마 전, 학습의 기능뿐 아니라 대학 특유의 다른 기능이 이유인 건 아닐까 하는 생각이 들었다.

아직도 나는 사회적 교감에 많이 서툴고, 사교성을 기르려고 노력하기보다는 사교성이 없어도 맡은 일을 해낼 수 있는 직업을 찾으려고 하는 편이다. 대인관계에 많은 시간과 관심을 쏟는 주변 사람들의 이야기는 아직도 먼 나라 이야기같게만 느껴진다. "인간은 사회적 동물이다."는 명제에 동의는 할 수 있어도 동감을 하기는 어렵다. 그러나 이런 나도, 소속감은 필요하다. 이게 내가 대학교를 왜 필요로 하는지에 대해 내린 결론이다.

이 소속감은 한 조직 내의 결집력 혹은 다른 조직에 대한 배타성 등에서 유래하는 성질의 것을 말하는 게 아니다. 단지 서로를 이어주는 한두 가닥의 끈이 있다고 가정할 때, 각자가 그 끈을 좋아하든 싫어하든 그 끈을 통해서 교류를 할 만한 환경이 형성될 수 있게 하는, 그러한 끈을 말하는 것이다. 다른 경우에 이 끈은 관심사가 될 수도 있고 단순한 기호 혹은 생활양식이 될 수도 있다. 그런데 특히 대학교에서는 이 끈이 관심사보다는 좀 더 강한, 전공이 된다. 게다가 이 전공이라는 끈은 단순히 연결해주는 것을 넘어서서 그 끈이 자신을 쉽게 발견하도록 해주는 역할까지 도맡아 한다. 그럼으로써 좀 더 심도 있고 지속적인 소통이 가능하게끔 초석을 마련해주는 것이다.

대학교에서는 내가 원하는 지식을 원하는 만큼 배우고 싶다. 그곳에서 얻는 다른 것들은 그러한 '배움'의 부산물에 지나지 않을 것이며, 위에 언급한 끈 또한 마찬가지다. 이렇게 관념 속에 갇힌 이 시야는 어찌 보면 지나치게 이상주의적이다. 그러나 한편으로는 단순명료한 동시에 나의 관점을 가장 진솔히 설명하는 것이기도 하다. 그러므로 나 자신 역시도 그 관점을 그대로 취하여, 단순하고 진솔하게, 이곳에서 바라는 바대로 얻어가려고 한다. 그것이야말로 내가 대학생으로서 품은 목적이고 바람이다.

견디는 힘 기르기

박유리 | 건축학 06학번

　4년 전 같은 주제에 대해서 글을 쓴 적이 있다. 당시 나는 철이 없었다—물론 지금도 없다. 그리고 상당히 여유로운 1학년 특유의 분위기에 젖어 있었다. 나는 별 고민도 없이 쉽게 글을 써내려 갔다. 1학년 주제에 건방지게 취업 운운하면서 대기업에 가려고 대학에 들어온 것이 아니라는 듯 이야기를 했던 것 같다. 지금은 어떤가? 같은 질문을 마지막 학기에 받으니 선뜻 그때처럼 글이 쉽게 써지지가 않는다. 대기업에 가려고 대학에 온 건 아니라고 했던 내가, 어제 삼성 2차 발표에서 떨어졌기에 더욱 그렇다. 대학생활에서 내가 무엇을 배웠는지 돌이켜 생각해보면 굉장히 많은 고민과 스트레스, 그리고 시간을 견디는 것을 배운 것 같다.

견디는 힘…

　대학에 들어와서 선택의 가지가 늘어나면서 좋은 점과 싫은 점을 두고 어떻게 해야 할지 결정하는 일이 많았다. 전공에 관한 스트레스는 정말 매 학기 마감 순간마다 나를 괴롭혔다. 나는 건축학 전공자다. 타 학과 학생들도 그렇겠지만, 설계 전공자들은 고민이 정말 많다. 나도 그랬다. '전과를 할까, 말까? 마감을 할 수 있을까? 왜 맨날 이렇게 못 자고 고생해야 되는 걸까. 재미있긴 한데 나에게 재능이 있는 걸까?' 가장 괴로운 질문이 마지막 질문이었다. 재능이 있는 것 같기도 하고 아닌 것 같기도 하고. 내가 잘 할 수 있는 일인지 의구심을 품고서 마감을 두 번 하면 일 년이 지났다. 2학년까지 꽤 재능이 있다고 믿었다. 건방졌으니깐. 게으른 주제에 나는 건방지기까지 했다. 3학년 때 엄청난 스트레스가 닥쳐왔다. 뜻대로 작업이 풀리지 않아서 혼자서 이것저것 만들면서 괴로워했던 기억이 난다. 그 당시 스트레스 받아서 학교도 빠지고 최악의 1학기를 보내고 2학기를 맞았다. 일부러 같은 교수님 수업을 신청해서는 또 스트레스 받으면서 설계를 했다. 지금 생각해봐도 잘한 일인 것 같다. 그 당시 프로젝트는 미완성이었지만 지금도 내가 제일 좋아했던 과정이었고, 가장 마음에 드는 프로젝트였다. 마음에 들 때까지 여러 가지를 시도했던 건 괴롭지만 한편으론 좋아하는 일이니깐 가능했던 것 같다. 그 때 그냥 이런 생각이 들었다. '굳이 꼭 전공을 살려서 취직을 하든 안 하든 그게 뭐 그렇게 중요한 일인가? 지금 내가 좋아하는 일이

니깐 고민하지 말자.'

생각해보면 고등학교 때 이과니 문과니 고민했던 것도 지나고 나면 다 시시한 일이 아니었나? 많은 대학생들이 진로 문제로 깊은 고민을 하고 있다. 하지만 꿈이 흐릿하다고 해서 너무 낙심할 필요는 없다고 생각한다. 지금 눈앞에 흥미로운 것을 찾아서 하다 보면 미래의 일도 조금씩 그려지게 될 것이라고 믿는다.

4학년이 되어서 나는 사람을 많이 잃었다. 연인과도 헤어지고 동료와도 관계가 끊어졌다. 남들은 별것 아니라고 생각할 수 있겠지만 나는 좀 정신적으로 충격이 컸다. 생각해보면 친했던 모두와 계속 관계를 유지할 수는 없는데, 그 당시에는 그렇게 관계가 끊어지는 것에 대해서 마음이 무척 안 좋았다. 마음이 제어가 안 되어서 학교는 등한시하고 동네 공원 벤치에 누워서 하루 종일 나뭇잎만 바라봤던 날도 있었다. 길을 가다가 추락사를 목격하기도 했다. 정말 그 당시에는 모든 일이 최악이었다. 마음이 멍청해져서 운전하다가 사고를 내기도 했다. 모든 일이 시시하게 변했다. 사람이 마음을 꼭 쥐고 있어야 하는데 느슨해져서 멍청이가 돼버린 것이다. 한심한 생활의 나날이었다. 성적은 내 생애 최악. 나는 너무 많이 지쳐 있었다. 당시에는 그런 후회를 남기는 것이 너무 싫었다. 지금 아는 것을 그 때에 알았더라면 얼마나 좋았을까? 좋지 않은 기억과 후회되는 일들을 돌이켜 보면서 늘 그런 생각을 했다. 하지만 그렇게 후회한다고 변하는 건 없고 더 괴로울 뿐이다. 이제라도 알았으니깐 앞으로는 다가올 일에 같은 실수는 하지 않겠지, 이 지나간 모든 일들이 미래에 조금이나마 도움이 되지 않을까 라고 생각한다.

아마 우리는 대학에서 수많은 동료와 선후배, 교수님 그 외에도 사회에서 만난 지인들, 여행에서 만난 새로운 사람들을 통해서 뭔가를 알게 되고, 그것이 미래에 어떻게든 사전 지식이 될 것이라고 생각한다. 대학에서 진리를 배우기는 어렵다. 인생을 살아가면서 진리를 깨우치는 것 자체가 어려운 일이라고 생각한다. 대학에 왔다고 해서 취직자리가 보장되는 것도 아니다. 대학에서 배우는 것은 좀 더 자기 자신에 대해서 살피는 것이라고 생각한다. 또 고민하는 힘과 참기 힘든 시간을 견디는 힘을 배운다고 생각한다.

목적이라니? 수단이 되어야지!

이효선 | 국어국문 11학번

왜 대학에서 공부하는가? 이 질문에 답을 하기 위해선 일단 개인적인 측면의 이유가 필수적으로 들어가야 한다고 생각한다. 나는 예고 출신이다. 내 꿈은 소설가다. 일곱 살 때 처음 이 꿈을 가졌고, 지금까지 이어져온 내 유일한 꿈을 이루기 위해서 예고에서 문예창작을 전공으로 했다. 나는 다른 아이들에 비해서는 비교적 꿈이 확고했고, 일찍 진로를 선택해 꿈을 향해 걷고 있다.

대학 진학을 위해 면접을 보던 날, 나는 같은 질문을 받았다. "왜 대학에서 공부하고 싶어요?", "왜 국문학과에 왔어요?" 나는 배우고 싶다고 대답했다. 내 꿈을 이루기 위해 필요한 공부를 더 하려고. 기교가 아닌 진짜 소설을 쓰고 싶어서. 그래서 나는 대학에 가기로 마음먹었다. 내겐 그것이 너무도 당연하고 올바른 일이기에 나는 다른 사람들도 모두 그러는 줄 알았다.

하지만 대학에 와서 직접 부딪치며 느껴보니, 나와 다른 사람도 많다는 사실을 깨달았다. 꿈은 있지만 구체적으로 생각해본 적 없는 사람, 꿈이 없는 사람, 대학에 오는 것만이 목적이었던 사람, 적당히 점수에 맞춰서 대학과 전공을 선택한 사람…. 그런 사람들 중에는 자신의 전공 수업을 들으며 적성을 찾는 사람도 있지만, 흥미도 없으면서 시간과 돈만 버리는 사람도 있다. 수업에 흥미도 없고 자신만의 구체적인 꿈도 없는 사람들은 자의에서인지 타의에서인지 취업을 한다며 공무원 시험이나 전공과는 상관없는 토익이나 토플, 자격증에 매달린다. 흔히 말하는 '꿀교양'은 수업의 질이 높고 흥미로운 수업이 아닌, 학점을 잘 주는 수업이 되었다. 고등교육의 장으로서 이런 현상을 바꾸려고 노력해야 하는 대학마저 학생들의 변화를 반영하여 '취업 준비 센터'로 변하고 있다. 토익과 토플에서 높은 점수를 받은 사람과 공무원 시험을 준비하는 학생에게 혜택을 주는 대학, 이것은 과연 바람직한 현상인가?

이것은 절대 바람직한 현상이 아니다. 대학은 대학 자체가 목석이 아닌, 나의 꿈을 위한 수단이 되어야 한다. 하지만, 이런 현상이 생기게 된 이유는 무엇일까? 첫 번째로는 '돈'을 들 수 있다고 본다. 현재 사회를 이끌어 나가는 세대는 행복과 경제적 부유함을 혼동하는 경향이 있다. 물론 요즘 경제 상황이 안 좋은 것도 한 몫 할 것이다. 부동산 대란이 일어나고 물가는 계속 오르고, 한 평생을 일하고 모아도 내 집 마련하기 힘든 세상, 월급 빼고는 다 오르는 세상, 그런 세상이 요즘 세상이다. 사회를 이끌어 나가는 세대, 우리 부모님 세대는 앞으로 사회를 이끌어 나갈 '우리'가 그런 고통을 겪지 않기를 바라고 있다. 경제 상황이 현재보다 나빠지면 나빠졌지, 좋아질 일은 드물기 때문이다. 교육열도 여기에 한 몫을 하고 있다. 부모님은 자녀들이 경제적으로 부유한 직업을 가질 수 있도록 고등 교육을 시키려 한다. 진정 자녀들이 원하는 것이 아닌, 누구나 다 하는 공부를. 마치 고등교육을 마친다면 부모의 도리를 다 한다는 것처럼, 부모님은 자식의 '교육'에 관해서는 아낌이 없다. 그렇게 하면 자녀들이 모두 '사'자 돌림의 직업을 갖게 될 것처럼. 이왕이면 성공할 확률도 낮고 돈을 벌기도 힘든 '예술가'보다는 작은 출판사에, 작은 출판사보다는 큰 출판사에, 혹은 '대기업'에. 부모님이 겪었던 삶을 우리가 겪게 하고 싶지 않기에, 어쩌면 부모님의 그런 생각은 당연한 것인지도 모른다. 돈을 벌어 경제적으로 부유해야 행복한 삶을 살 수 있다고 생각하는 것처럼.

두 번째로는 사회인식을 들 수 있다. 전국에는 수많은 대학들이 있다. 이름도 잘 모르는 대학들이 수두룩하다. 서울 특별시에만 총 52개의 대학이 있다.[1] 진학률 또한 굉장히 높다. 1990년 33.2%로 시작한 대학 진학률은 95년에 51.4%를, 2000년에 68%를 달성했고, 2008년에는 83.8%

1　자치 단체별 소재 대학교 개수. 경기도 60개, 서울 특별시 52개, 경상북도 35개, 경상남도 25개, 충청남도 23개, 부산 광역시 22개, 전라남도 21개, 전라북도 20개, 강원도 18개, 광주 광역시 17개, 충청북도 16개, 대전 광역시 14개, 대구 광역시 11개, 인천 광역시 8개, 제주도 5개. 전국 합계 347개, 대학교육협의회 및 전문대학교육협의회 등록기준 (2011.3.2).

를 기록했다.[2] 초등학교와 중학교, 고등학교를 지나 대학에 진학하는 것이 너무도 당연해진 것이다. 이런 상황에서 대학에 진학하지 않은 사람들은 어떤 차별을 받게 될까? '삼성전자'를 기준으로 알아봤다. 삼성전자 5급 노동자, 그러니까 고졸자의 급여 제도는 시간급+월급제이다. 기본 급여는 큰 중소 기업보다 적거나 비슷한 수준이다. 설이나 추석 같은 명절 상여금과 교대 수당, 초과근무 수당을 전부 합치면 연봉으로 2,500만 원에서 3,000만 원 정도가 나온다. 반면 대학을 졸업한 사람은 연봉제를 운영한다. 삼성전자 대졸 신입의 연봉은 3,780만 원이다. 거기에 법정 복리후생에 속하는 건강보험 50% 지원, 국민연금 50% 지원, 고용보험 회사 지원, 산재 회사 지원뿐 아니라 법정외 복리후생으로 본인 및 배우자 정기 건강검진 및 의료비 지원에 통근버스, 자녀 학자금, 경조사 자녀 심장병이나 백혈병 치료비와 수술비 지원, 거주지 화재 피해보상 지원, 콘도 및 캐리비언 베이 지원, 동호회 활동 지원, 개인연금 지원 제도를 운영하고 있다.[3] 방금 살펴본 사례만으로도 고졸자와 대졸자에게 어떤 차이가 있는지 쉽게 알 수 있다. 이런 사회에서 어린 학생들은 대학에 가야만 한다고 생각하며, 꿈을 꿀 시간도 없이 그저 남들이 한다는 이유 하나만으로 타인을 따라하고 있다.

우리는 앞으로 계속 이런 사회를 살아가야 하는 것일까? 우리의 동생

---

2 고등학교 졸업생 수 대비 대학 진학자 비중. 통계청.
3 삼성전자의 인사제도 및 복리후생.

들, 훗날에는 우리의 자식들까지 이런 무의미한 경쟁을 계속하도록 두어
야 할까? 나는 이런 현상의 해결 방안으로 복지제도의 발전과 인식의 변
화가 필요하다고 생각한다. 복지제도의 발전과 관련된 예로 스웨덴을 들
수 있다. 스웨덴은 복지로 아주 유명한 국가이다. 스웨덴은 동거, 이혼부
부, 독신녀가 많은 나라이다. 커플 세 쌍 중 한 쌍이 아이가 있는 상태에
서 결혼을 하며, 결혼을 공식적으로 안 하는 경우도 많다. 하지만 스웨
덴에서 탁아소는 항상 집에서 5분 이내의 거리에 있다. 그만큼 탁아소
가 많다는 것이다. 아이를 탁아소에 맡길 때의 비용도 90% 정도를 국가
에서 부담한다. 또한 학비 역시 무료이다. 우리나라와는 달리 양육비나
학비 부담이 적다. 우리나라에도 이런 복지제도가 잘 만들어진다면, 지
금처럼 학부모들이 학비와 양육비로 아둥바둥대는 일은 줄어들 것이다.
돈을 많이 버는 직업을 가져야 한다는 강박관념도 사라지는 것이다.

　인식의 변화에 대한 예로는 핀란드를 들 수 있다. PISA(국제학력평가)
로부터 부동의 1위를 차지하고 있는 핀란드. 우스갯소리인지는 모르겠지
만, 핀란드가 1위, 한국이 2위를 했을 당시 한국 측에서 핀란드 출전자들
에게 말을 했다고 한다. 안타깝게 2등을 차지했다고. 그런데 핀란드인들
의 답변이 압권이다. "우리는 놀면서 공부하지만 당신들은 죽을 힘을 다
해 공부하지 않느냐고, 그러니까 우리의 압승이라고." 핀란드의 시험 시
스템은 대학처럼 에세이, 논술식으로 되어 있다. 초등학교에 진학하던
때부터 우리가 12년 동안 공부한 것처럼 단순히 외워서 답을 쓰는 식이
아니라, 기본적인 지식을 바탕으로 자기 생각을 쓰는 시험이다. 또한 핀

란드에서는 '본인이 얼마나 아는 것이 중요하지, 속도는 중요하지 않다'고
본다. 타인을 신경 쓰지 않고 스스로의 공부에만 집중을 하는 것이다.
핀란드에는 '바리부오시'라는 것이 있다. 핀란드는 우리처럼 고등학교를
졸업하자마자 바로 대학으로 가는 경우는 드물며, 몇 해 동안 쉬는 기간
을 두고 여러 가지 경험을 해보며 자신의 장래에 대해 고민하는 시간을
갖는데, 그것이 바리부오시다. 핀란드 인들은 한국인이나 일본인들을 보
며 묻는다고 한다. 본인의 인생인데 왜 그렇게 섣부르게 결정하느냐고.
한국은 너무 급하다. 단 한 번밖에 살 수 없는 인생인데, 너무 섣부르게
결정하며 생각한다. 심지어 전공과 직업을 별개로 보기도 한다.[4]

　스웨덴과 같은 복지제도를 발전시키고, 핀란드처럼 '느긋하게' 생각한
다면 지금과 같은 문제는 줄어들 것이라고 생각한다. 물론 지금 당장 바
뀌지는 않을 것이다. 긴 시간동안 제도를 접목시키고 인식을 바꿔야 한
다. 그렇다면 지금 우리의 '동생'들은 무리더라도 '자식'들에게는 말해줄
수 있지 않을까? 대학은 인생의 목적이 아니라, 꿈을 이루기 위한 수단이
라고!

---

4 지쓰카와 마유·지쓰카와 모토코 지음, 송태욱 옮김, 『핀란드 공부법』, 문학동네, 2009.

나와 어머니를 위해

하용준 | 컴퓨터학부 08학번

"나는 왜 대학을 다니고 있을까?"라는 질문을 내 자신에게 던져 보았다. 나는 스물두 살 대학 1학년이고, 군대를 갔다 온 성인 남자다. 고등학생 때 나의 목표는 대학에 진학하는 것이 전부였다. 생각해 보면 고등학생 때는 부모님께서 시키는 대로 행동했고 내 자신의 목표나 꿈이 없었다. 고등학교 시절을 돌이켜 보면 그 당시 나는 대학 입시가 인생의 전부라고 생각하고 있었다. 그 이후의 내 삶이 어떻게 펼쳐질 것인지는 생각조차 안 하고 있었다. 지금 고등학교를 다니는 학생들 중 많은 학생들이 나의 예전 상황과 비슷한 처지라고 생각한다. 앞에 닥친 대학 입시라는 목표만 바라보고 그 이후의 미래는 생각하지 않는다. 내 인생의 전부라고 생각했던 대학교에 입학한 후 나에겐 한동안 방황의 나날이 이어졌다. 나는 마치 길을 잃은 아기 고양이 같았다. 그 당시에는 내가 뭘 해야 할지도 몰랐고 공부는 생각조차 하기 싫었다. 그렇게 대학 생활을 즐겼다. 정확하게 말하자면 대학의 노는 문화를 즐겼다. 하지만 한 학기를 마치고 성적이 나왔을 때는 가족들에게 미안한 마음이 앞섰다. 부모님께서는 없는 돈을 만들어서 500만 원이라는 큰 돈을 나의 대학 등록금으로 주셨지만 아들의 형편없는 모습에 많이 실망하셨다. 나는 어딘가로 숨고 싶었다.

그래서 떠올린 것이 군 입대였다. 열아홉 살의 나이에 '군대'라는 단어는 너무나 생소했지만, 나는 생각을 정리할 시간이 필요했고, 공부말고 다른 일을 하고 싶었다. 그렇게 나는 군대에 입대했다. 군대에서 2년이란 시간 동안 많은 생각을 했다. 나에게 있어서 군 생활은 과거를 되돌아보고 미래에 대한 계획을 세운 중요한 시간이었다. 정말 많은 것을 배우고 느꼈다. 제대하고 복학하기까지는 1년이라는 시간이 남아 있었다. 1년이라는 길고도 짧은 시간 동안, 나는 일을 하여 돈을 벌고 싶었다. 내가 할 수 있는 일이라고는 단순한 육체적 노동뿐이었다. 세 가지 직종의 아르바이트를 하면서 열심히 일을 하였다. 하지만 생각보다 돈은 모이지 않았고, 시간은 시간대로 낭비되었고, 힘은 힘대로 들었다. 그리고 대학을 휴학한 지 3년이라는 시간이 흐르면서 점점 내 자신이 무엇인가를 배우고 싶다는 생각이 들었다.

그때 내가 어딘가에 소속되어 있고 다시 내가 무엇인가를 배울 수 있는 곳이 있다는 점이 기뻤다. 그 곳이 대학교였다. 내가 지겹고 싫증나서 빠져나왔던 곳, 대학으로 나는 다시 무엇인가를 배우고 싶다는 욕구로 돌아오게 되었다. 복학한 지 2개월이 조금 지난 지금, 나는 내가 대학을 다니는 이유를 두 가지로 정의하고 싶다.

첫째, 배우고 싶다. 배워서 내 미래를 적극적으로 준비하고, 내 삶을 후회 없이 살고 싶다.『명심보감』에 나와 있는 순자(荀子)의 명구는 사람에게 있어서 배움의 중요성과 앞으로 나아가야 할 방향을 시사하고 있다.

'君子 曰 學不可以已. 靑取之於藍, 而靑於藍. 氷水爲之, 而寒於水…(중략)

不登高山,不知天之高也, 不臨深溪, 不知地之厚也…(중략)

生而同聲, 長而異俗, 敎使之然也.'(〈勸學〉 편)

해석하면 다음과 같다, "군자 말하기를, 배움이란 중지하지 못할 것이다. 남색은 쪽풀에서 짜냈지만 쪽보다 푸르고, 얼음은 물이 변해 되었지만 물보다 차다.(중략) 높은 산에 올라보지 못하면 하늘이 얼마나 높은 것인지 모를 것이요, 깊은 골짜기를 내려다보지 못하면 땅이 얼마나 두꺼운지 모를 것이다.(중략) (멀리 떨어진 다른 민족들도) 어릴 때의 울음소리는 다 같건만, 자라서 풍속이 서로 다른 것은 교육이 다른 탓이다."

나는 살아오면서 배움의 의미를 모르고 살아왔다. 하지만 이제는 배움의 중요성을 깨달았고, 내 자신을 단련해서 앞으로 나아가고 싶다. 이것이 내가 지금 대학을 다니는 첫 번째 이유이다.

둘째, 어머니께 효도를 하고 싶다. 지금도 우리 가족을 위해 일하고 계시고 항상 못난 아들을 걱정하시는 어머니를 위해 졸업을 해서 좋은 곳에 취직하고 싶다. 이때까지 나는 아들다운 모습을 보여드리지 못하고 실망만 안겨드렸다. 우리나라에서 좋은 대학을 나와야 좋은 직장에 취직하는 것은 누구나 아는 사실이다. 지금 내가 소속되어 있는 곳에서 열심히 하면 좋은 직장을 가질 수 있기 때문에, 어머니를 위해 나는 대학에서 공부하고 있다.

내가 대학에서 공부를 하는 이유를 찾기 위해 3년이라는 시간이 걸렸다. 시간 낭비라고는 생각하지 않는다. 3년이라는 시간 동안 많은 것을 경험했고, 많은 것을 깨달았다. 사람을 100세까지 생존한다고 가정했을 때, 나의 지금 인생 시간은 오전 7시이다. 앞으로 열일곱 시간이 남아 있고, 지금은 하루를 시작할 시간이다. 이제 나는 내 자신을 위해, 그리고 어머니를 위해 대학에서 공부하고 싶다. 사람은 배워야 한다. 그래야 사람이 되기 때문이다.

물리학 너머 새로운 꿈

황문정 | 물리학 10학번

나는 고작 21년밖에 살지 않았지만, 돌이켜보면 인생이란 무엇인지 느낄 수 있을 만한 최소한의 일들은 다 겪어본 것 같다. 매일 매일의 시간이 너무나도 빨리 지나가는 것처럼 느껴지고, 다른 곳은 상상조차 하지 못하고 내가 사는 곳이 최고인 것마냥 생각하던 유년 시절이 있었고, 내 능력의 한계를 뼈저리게 느끼며 하루하루가 너무나 길었던 수험생 시절이 있었다. 그렇게 살아오면서 나는 사랑이라는 것도 알게 되었고, 크게 아파보기도 하며 건강의 중요성도 깨우쳤고, 유년 시절을 공부에 바치면서 청춘의 중요성도 맛보았다. 이제는 아련한 추억으로만 남게 된 평범한 과거였지만 그래도 나는 그러한 인생 속에서 나의 영혼을 자극하는 무언가를 발견하였고, 그것을 발견한 것만으로도 나는 남들보다 더 의미 있는 인생을 보낸 것이 아닌가 싶다. 그것은 바로 물리학이었다.

중학생 시절, 이론 물리학자 브라이언 그린이 지은『엘러건트 유니버스』라는 현대 물리학에 대한 책을 읽었다. 처음에는 단지 우주나 천체에 관련되어 있는 것으로 잘못 알고 읽은 그 책은 예상과는 달리, 끈 이론과 통일장 이론에 대한 내용을 담고 있었다. 이 세상을 평범한 관점과 다르게 보는 그 책에 나는 매료되었다. 600페이지에 달하는 그 책을 며칠에 걸쳐 읽으면서 나는 미시 세계 및 일반적인 사람이 생각하지 못하는 규모에서 세상이 어떻게 굴러가고 있는지 알게 되었다. 그러한 현대 물리의 개념을 이해할 때마다 나는 더 전문적인 수준의 내용이 궁금해졌다. 그 동안 들어왔던 아무런 근거 없이 단순히 믿음으로만 이루어진 종교적인 관점이 아닌, 실험과 이론을 통해 직간접적으로 증명이 가능한 과학적인 관점에서의 세상, 그것은 아무런 미래와 꿈이 없던 공허한 마음을 강렬하게 자극하였고, 이윽고 나는 거기에 빠져 들었다. 그렇게 물리학에 관심을 갖게 되면서 나는 우주의 구조, 블랙홀과 시간 굴절 같은 현대 물리학 책을 읽었다. 그리고 그런 책들을 섭렵해 갈 무렵, 실제로 그런 것들을 어떻게 증명을 하는지 궁금해졌고, 또한 그것을 실제로 증명해내는 것이 중요하다는 사실을 깨닫고 물리학을 공부하겠다는 마음을 갖게 되었다.

나는 어린 시절부터 과학에 대해 흥미가 있었다. 초등학교 때에는 과학 잡지를 읽었고, 중학생 때는 위에서 말한 교양서적을 읽으며 과학 성적에 한해서는 최고를 유지했다. 그래서 고등학교에 들어와서도 과학에만 전념하는 것은 별로 어렵지 않았다. 고등학교에 들어와 어느 정도 적응한 뒤에 나는 젊음을 불태우겠다는 열정으로 대학 물리학 교재를 사서 공부하였다. 대학에 진학한 지금에도 약간은 대강 배우는 그러한 내용을 자세히 알아가면서 나는 물리학에 점점 심취해갔다. 물론, 미분과 적분에 대한 개념조차 모르는 상태에서 독학만으로 물리학의 그 폭넓은 개념과 수식들을 완전히 이해할 수는 없었다. 지금 생각해보면 그 당시의 공부는 정말로 수박 겉핥기 식이었지만, 돌이켜보면 그 시기는 물리학에 대한 열정을 가장 강렬하게 불태웠던 시절이었다. 그렇게 물리만을 바라보며 공부하는 사이, 끝날 것 같지 않던 고등학생 시절은 가버리고 대학에 진학할 때가 되었다. 나는 아무 망설임 없이 물리학과로 진학하였다.

물리가 좋아 물리학을 공부하는 사람들에게 꿈을 물어보면 다들 물리학자가 되는 것이라 대답한다고 한다. 또 그들은 물리 공부에 대한 프라이드가 남다르다고도 한다. 내가 또한 그랬다. 나는 물리학과에 입학한 것만으로도 반쯤은 꿈을 이뤘다고 생각했다. 그게 문제였다. 나는 대학에 들어오자마자 공황 상태에 빠졌다. 원하던 물리학을 공부할 수 있던 환경이 되었는데, 이제 도대체 무엇을 해야 하나? 그렇게 갈망하던 물리를 배우게 되었는데 다음에는 무얼 하지? 물리를 배우는 것만으로 이제 나는 만족하는 것인가? 이제 원하던 것을 어느 정도 이루었으니 주변의 의견을 받아들여 조금 더 현실에 관심을 가져 취직을 준비해야 하나? 그런 걱정과 불안이 내 속에 피어났다. 그렇게 대학을 와서 무얼 해야 할지 모른 채 단지 조금 더 좋은 학교를 가야겠다는 마음으로 재수를 하게 되었다. 하지만 좋은 결과를 얻지 못하고 복학하면서 조금 더 현실적인 다른 생각을 갖게 되었다. 일단 취업을 위해 나아가자.

단순히 취업만을 생각하며 나는 시선을 돌려 다른 사람을 살펴보았다. 다른 사람은 어떨까? 그들도 비슷한 일을 겪지 않았을까? 하지만 낙상 둘러보니, 친구들은 자기가 하고 싶은 것이 뭔지, 잘 하는 것이 뭔지, 할 수 있고 없는 것이 뭔지 알지 못한 채 대학에 입학하여 공부를 하고 있는 경우가 더 많았다. 오히려 내가 더 특이한 케이스처럼 보였다. 그들에게 필요한 것은 무엇일까? 그것은 꿈이다. 사람들은 별것 아닌 것 같이 보이더라도 소박한 꿈을 갖고, 그 꿈을 향해 나아가고 있다. 그러한 꿈을 이루고 싶다는 열망으로 노력하는 것, 그것이 바로 나를 포함한 모두가 대학에서 공부하고 있는 궁극적인 이유라고 생각한다.

이런 생각을 하니 대학에서 공부하는 감정은 복잡해졌다. 내가 과거에 꾸었던 꿈이자 이상인 물리학 공부는 이제 시간이 지나면 자연스레 성취될 예정이다. 만약 조금 더 욕심을 갖는다면 대학원에 진학하여 물리학을 더 공부할 수 있을지도 모른다. 하지만 이미 물리학에 대한 열정은 식어버렸다. 원하던 꿈이 실현되자 내 어릴 적 꿈은 매력이 사라진 것이다. 물리학 공부가 미래를 위한 투자에 불과하다는 사실을 깨닫자 환멸감이 밀려왔다. 그러한 일들을 생각하며 고뇌한 결과, 한 가지 결론을 내렸는데 그것은 바로 나의 시간을 과거와 현재, 미래로 나눌 필요가 없다는 것이다. 과거에 재미있게 했던 것, 정말로 하고 싶었던 꿈, 그것의 열정은 식었을망정 아직 사라진 것은 아니지 않는가? 물리를 공부하는 것이 이제는 재미가 없고 아무런 감정도 없는가? 단지 불편하고 귀찮은 것들뿐인가? 그렇지 않다. 아직도 재미있고 흥미롭다. 새로운 물리적 특성을 배우게 될 때마다 무언가 잊어버린 과거의 열정이 아스라이 느껴진다. 그런 생각을 하니 대학공부가 굉장히 흥미롭게 느껴졌다. 어려우니 싫다, 이건 단지 학점 따기 용이다 등의 생각은 한낱 투정에 불과하다는 생각이 들었다.

그런 생각 끝에, 지금 이 고립된 상황을 타파하는 방법은 바로 새로운 꿈을 갖는 것이라는 것을 깨닫게 되었다. 물리학을 공부한다는 꿈을 이루었으니 이제 그 물리학을 이용할 차례다. 이제는 물리학을 이용해 무언가를 이루어야겠다는 생각이 들었고 그것은 새로운 꿈으로 정착하게 되었다. 바로 이것, 꿈을 이룬 후에 갖게 된 새로운 꿈이 지금 내가 대학공부를 하는 이유다.

꿈을 찾기 위한 나의 공부

서혜진 | 화학 11학번

나는 고등학교에 진학한 후부터 '왜 공부를 하는가?'에 대한 생각을 많이 했다. 고3 수험생이 되면서부터는 더 많이 생각했다. 고3의 수업시간은 오직 입시에 맞춰서 돌아가고, 아이들은 그냥 반자동적으로 필기를 하며 문제를 풀고 있었다. 교실은 지식에 대한 호기심과 궁금증이 아니라, 어떻게든 대학은 들어가야겠다는 맹목적인 목표를 위해 한마디로 '꾸역꾸역' 공부하는 수험생으로 가득 차 있었다. 나 또한 그런 아이들 중의 하나였다. 이제 또 생각한다. 우리는 왜 대학에서 공부를 하고 있을까?

첫 번째 이유는 '꿈을 찾기 위해서'이다. 나는 다른 대다수의 학생들과 마찬가지로 목적 없는 공부를 해왔다. 그래서 '장래희망은 무엇입니까?'라는 질문에 답변하는 것이 매우 어려웠다. 대학에 입학하고 나서도 나는 아직도 공부를 하는 이유에 대해 탐구하고 있고, 그 탐구의 과정이 곧 꿈을 찾는 과정이라고 생각한다. 끊임없이 탐구해 나가다 보면 언젠가 나의 꿈에 도달해 있을 것이고 4년 동안의 공부가 헛되지 않을 것이라 생각한다.

두 번째는, 현실적인 문제를 무시할 수 없어서이다. 아무래도 '생계'와 같은 현실적인 문제는 모든 분야와 마찰을 일으키는 것 같다. 학문을 하는 데 있어서도 마찬가지다. 보다 안정되고 보장된 미래를 위해서는 직업을 가져야 한다. 치열한 취업 경쟁에서 살아남으려면 지식을 쌓고 수련하는 것은 기본적인 사항이다. 남들 다 가는 대학에 입학하여 나도 남들처럼 심도 있는 교육을 받아야 한다. 점점 지식의 전문성이 높아져가는 현실에서 대학 교육은 어쩌면 불가피한 과정이 되어가고 있는 것일지도 모른다.

세 번째로는, 미래에 활용하기 위해서다. 주변에 직장을 다니시는 분들을 보면 본인이 전공한 분야와 관련 없는 직업을 가진 경우가 많다. 꼭 자신의 전공 분야와 연관되지 않는 분야에서도 직업을 가질 수 있다는 것이다. 과목들은 서로 이름만 다를 뿐 서로서로 연계가 되어 있다. 그러므로 현재 내가 공부하고 있는 분야를 열심히 공부한다면, 나중에 내가 어떤 한 분야에서 직업을 가졌을 때 도움이 될 것이다.

대학에서 공부하는 이유에 대해 쓰다 보니 나 스스로에게 더 근본적인 질문을 던지게 되었다. 많은 사람들이 자신이 왜 공부해야 하는지도 모른 채 공부하고 있다. 나 역시 마찬가지다. 이것은 학생들의 꿈을 키

워주기보다 학생들의 성적을 키우는 것에 혈안이 되어 있는 교육 환경의 부작용일 것이다. 그 부작용으로 인해 스무 살이 된 나는 아직도 '공부를 왜 해야 하는가?' 라고 끊임없이 질문하고 있다. 나는 아직 나의 꿈을 확실히 모르겠다. 나에게 주어진 공부를 열심히 하다보면 숨어 있는 흥미를 찾게 될 수도 있고, 굳이 공부가 아니더라도 공부로 인해 맺어진 인간관계나 일상 속에서 예상치 못한 나의 적성을 만날 수도 있을 것이다. 그리고 자신의 미래에 대한 답을 얻을 수 있는 방법이 오직 '공부'만은 아닐 것이다. 좋은 대학에 진학하고 좋은 회사에 취직하여 높은 연봉을 받기 위한 제일 쉽고 편한 방법이 공부인 것이지, 다른 길이 없다는 것은 아니다. 공부의 틀 안에 갇혀서 정작 인생의 진정한 공부를 잃지 말고 주체를 가지고 공부를 해야 한다. 공부를 하는 것은 꿈을 찾아가는 과정이지 목적이 아니다.

내 삶을 버전 업 할 수 있다면

장요한 | 정보통계보험수리 11학번

　11학번으로 대학생이 된 지 1년이 다 되어 가는 나는 읽기와 쓰기 수업에서 신선한 충격을 받았다. 대학교에 와서 먹고 자고 놀기에 바빴던 나에게 "나는 대학에서 왜 공부하는가?" 이 한 문장은 말 그대로 쇼킹했다. 여지껏 단 한 번도 생각해보지 않았던 질문이기에 오히려 호기심이 생겨 많은 생각을 해보았다. '내가 숭실대학교에서 왜 공부할까?' '무엇을 위해 대학에 입학하길 열망했을까?' '대학교에 와서 공부는 제대로 하고 있는 건가?' 이러한 생각들을 하면서 '나는 대학에서 왜 공부하는가?'에 대한 답을 찾은 것 같다. 나는 이 질문에 대해 사회적 요인, 개인적 요인으로 답을 해 보고자 한다.

　내가 대학에서 공부하는 사회적 이유 중 하나는 대학을 나오지 못하면 한국 사회에서 살아남기가 힘들다는 현실 때문이다. 이 요인은 사실 나뿐 아니라 대다수의 대학생들이 공부를 하는 이유일 것이다. 통계청 자료에 따르면 고학력자일수록 취업률이 저학력자보다 높다고 한다. 더욱이 저학력자가 취업을 했다 하더라도 대학에서 공부한 고학력 학생들보다 평균 월급, 근무 환경, 미래에 대한 안전성 등 여러 방면에서 뒤진다. 이러한 한국 사회의 불합리한 구조 속에서 소위 대학을 못 나온 사람들은 대부분 사회로부터 냉대를 받을 것이고, 이를 미리 경험한 어른들에게 충고와 조언을 듣고 나는 지금 대학에서 공부를 하고 있다.

내가 대학에서 공부하는 또 다른 사회적 이유는 열등감을 느끼기 싫어서다. 나는 중학교 수학 시험에서 48점을 받아본 적이 있다. 이 점수로 인해 반 친구들에게 놀림을 받았던 나는 정말 큰 충격을 받았다. 그때 이후로부터 유독 수학 과목의 성적을 남들과 비교하게 되었고, 남들에게 뒤지는 게 너무너무 싫어서 나는 학원 수업과 과외를 다니면서 부족한 부분을 채우려고 노력했다. 사회적 낙오자가 되기 싫었던 것이다. 이러한 열등감을 느끼기 싫어서 나는 대학을 가기 위해 노력을 했고, 지금도 남들에 뒤지지 않게 공부를 하는 게 아닌가 싶다.

내가 대학에서 공부하는 개인적 이유 중 하나는 부모님을 위한 것이다. 사실은 이것이 내가 대학에서 공부하는 가장 큰 이유다. 경제적 능력이 없는 나는 현재 부모님이 피땀 흘려 번 돈으로 비싼 등록금을 내며 대학을 다니고 있다. 3수를 한 나로서는 대학생이 되어서까지 부모님에게 의지하는 내 자신이 한심하다고 매번 느낀다. 이 한심함을 해결하기 위해 생각한 것이 장학금이다. 장학금을 받으면 부모님의 경제적인 부담을 덜어드릴 수 있다. 장학금을 받기 위해서 필요한 것은 누구나 다 알듯이 공부인데, 장학금을 타려는 목적이 내가 대학교에서 꾸준히 공부를 하게 하는 요인이 되지 않았나 싶다.

내가 대학에서 공부하는 개인적 이유 중 두 번째는 이쁜 아내를 얻기 위해서다. 앞서 사회적 요인에서 언급했듯이 한국사회 구조는 공부를 안 하고서는 살아남기가 힘들다. "10분 더 공부하면 마누라 얼굴이 바뀐다.", "재벌 아들을 가지고 싶은가? 공부하라.", "자식의 유전자를 개조하고 싶으면 공부에 투자하라." 등의 어구를 우리는 고등학교 교실에 걸린 급훈 액자에서 쉽게 찾아볼 수 있다. 저 문장들의 공통점은 공부를 해야 미래 배우자의 능력과 외모가 달라진다는 것이다. 이쁜 여자를 매우 좋아하는 나 또한 위와 같은 사실을 너무나도 잘 알고 있다. 여자 연예인들을 보면, 예쁘면 예쁠수록 학벌 좋고 공부 잘한 남자와 결혼을 한다. 이러한 모습들을 보면서 나도 예쁜 배우자를 얻기 위해 대학에서 열심히 공부해야겠다고 생각했다.

내가 대학에서 공부하는 개인적 이유 중 세 번째는 취업이라는 관문에서 남들보다 좀 더 앞서 나가고 싶기 때문이다. 이 또한 앞서 언급했듯이 대한민국의 사회적 분위기가 나를 공부하게 했다. 아직 1학년인 나는 사실 취업이 얼마나 힘들고 어려운지를 직접 경험해보지 못했기에 아직까지는 별로 실감나지 않는다. 하지만 선배들이나 사촌 형, 누나들을 보면서 취업문이 정말 바늘구멍처럼 작다는 것을 느낀다. 레포트를 쓰기 위해 자료를 조사하다가 "취직하고 싶은가? 그러면 공부를 하라!" 라는 흥미로운 기사를 하나 발견했다. 이 기사의 내용은 공부의 양과 질에 따라 취업의 성공 여부가 달라지고, 이와 더불어 직장의 수준이 달라진다는 것이다. 공부가 기본 바탕이라는 걸 이미 알고 있던 나에게 이 기사는 나에게 대학에서 더더욱 공부를 해야 할 이유를 제시했고, 앞으로도 그렇게 해야겠다는 다짐마저 제공했다.

내가 대학에서 공부하는 개인적 이유 중 네 번째는 고등학교 때 깊숙이 다루지 못했던 과목을 대학교에서 공부할 수 있기 때문이다. 나는 통계학과지만 통계가 내 적성에 맞지 않는다. 이 때문인지 성적은 생각만큼 잘 나오지 않는다. 하지만 문과 출신인 나는 영어, 법 쪽에 관심이 많다. 나는 〈토익〉, 〈지식 재산의 이해〉라는 교양 과목을 통해 꽤 전문적인 지식과 실력을 얻게 되었다. 고등학교 때는 이 과목들의 기초만 공부했지만 실제로 대학에 와서 이들을 깊숙히 공부하니 너무 재밌고 성취감도 느꼈다. 전공과 달리 이러한 교양 과목의 성적은 어디 가서 자랑할 정도이다. 이와 같이 내가 흥미 있는 분야를 깊이있게 배우는 맛에 대학에서 공부를 하는 것 같다.

초등 학생, 중·고등 학생들은 대학생이 맨날 놀면서 편히 지낸다는 환상을 가지고 있다. 수능을 보면 그 후에는 공부를 안 해도 된다는 인식이 널리 퍼져 있다. 심지어 대부분의 대학 새내기들도 1학년은 공부가 필요 없다고 알고 있다. 나도 이러한 생각을 했다. 하지만 이 글을 쓰면서 나는 여러 생각을 했다. 나는 공부란 우리에게 주어진 기회이자 나 자신의 미래를 위한 투자라고 정의 내리고 싶다. 이러한 기회를 살리고 투자를 잘 하여 내 삶을 버전 업 하고 싶다.

겁쟁이, 또는 욕심쟁이들이 다니는 곳

박아름 | 화학공학 09학번

　나는 고등학교 졸업 후 바로 사회에 나가는 것이 두려웠고, 대학 졸업장 없는 나를 바라볼 사람들의 시선이 두려운 겁쟁이다. 또한 20대 초반에 누릴 수 있는 것들을 모두 누려보고 싶고, 배워보고 싶은 것이 너무나도 많은 욕심쟁이다. 이렇듯 내가 대학에 와서 공부하는 이유는 바로 내가 겁쟁이고 욕심쟁이기 때문이다.

　나는 사회에 나가서 내 밥벌이를 하기에는 아직 많이 부족하고 어리숙하다. 이는 고등학교를 졸업할 때까지 명확한 꿈을 갖고 있지 않았기 때문일 것이다. 고등학교 시절 공부에 흥미를 느꼈던 화학, 거기에 공대가 취업이 잘된다고 나에게 넌지시 일러주시던 부모님의 권유를 받아들여 나는 화학공학과에 진학했다. 가끔 전공 공부가 너무 어렵고, 연속되는 시험은 나를 너무 힘들고 지치게 했지만 뒤따르는 성취감은 엄청났다. 그래서 지금은 엔지니어가 되겠다는 꿈도 어렴풋이 품게 되었다. 내년에 휴학을 하고, 많은 경험들을 하면서 내 꿈을 바꿀 수도 있다. 혹은 졸업하여 내가 진짜 엔지니어가 되었을 때 이 길이 나에게 맞지 않는 길이라고 생각하여 그만둘지도 모른다. 하지만 지금 당장은 이것이 내가 해낼 수 있는 최선의 길이자 흥미를 갖고 있는 분야이기 때문에 열심히 공부하고 있다. 나에게 있어 대학 시절은 내가 하고 싶은 것을 찾고, 사회에 나갈 만한 내공을 쌓는 시간이다.

또한 나는 고등학교를 졸업한 후 사회에 바로 나갔을 때, 대학 졸업장 없는 나를 바라보는 사람들의 시선이 두려워서 대학에 진학하였다. 주변 친구들의 이야기를 들어보면, 고등학교나 전문대를 졸업하고 바로 취업하면, 같이 입사하여 똑같이 노력해서 일을 해도 대졸자들과는 연봉 차이가 많이 나고, 상사들의 대우도 다르며 승진에도 차별이 있다고 한다. 이기적인 생각일 수도 있지만 나는 이러한 차별에서 하위에 있고 싶지가 않다. 물론 대학을 자퇴하고도 자신이 하고 싶은 분야에서 크게 성공하여 전 세계 사람들의 우상이 된 스티븐 잡스 같은 사람도 있지만, 우리나라 사회 구조상, 또는 배짱 없는 나에게는 대학 졸업장이 필수일 수밖에 없다. 사회에 나가서 부당한 대우를 받지 않기 위해, 그리고 좀 더 나은 삶의 질을 위해서는 대학을 나와야 하는 것이다.

고3 때 수능을 위해 머리 터지도록 공부하면서 그나마 위안이 되었던 것은 '대학 가면 예쁜 옷 입고 친구들이랑 여기저기 마음껏 놀러 다녀야지, 대학 가면 동아리활동 해봐야지, 대학가면 MT도 많이 가야지, 대학

가면 해외봉사 가봐야지, 대학 가면 꼭 CC 해봐야지, 대학 가면 미팅도 해봐야지.' 하는 생각들이었다. 실제로 나는 대학에 들어와서 많은 친구들을 사귀었고, 동아리 활동도 하고 있고, MT라면 빠지지 않고 모두 참석했고, 지난 여름에는 해외봉사도 다녀왔으며, 입학한 뒤로 쭉 CC였기 때문에 위에서 말했던 것들 중 못 해본 것이라고는 미팅뿐이다. 이 모든 경험들은 비록 공부나 성적에 보탬이 되는 일은 아니었지만, 나에게 있어 너무나 귀중한 추억이고 배움이 되었다. 대학을 나오지 않으신 우리 엄마는 아침에 등교하는 날 보며 가끔 "너는 좋겠다. 한참 예쁠 나이에 재밌게 살아서…"라고 말씀하셨다. 이 얘길 들으면 나는 항상 마음이 짠하다. '우리 엄마도 나처럼 많은 사람들을 사귀고, 함께 놀고, 배웠던 시절을 추억할 수 있다면 좋을 텐데…' 하고 말이다. 20대 가장 활기찬 나이에 많은 사람들을 만나보고, 다양한 것을 경험하는 것보다 중요한 것이 또 있을까?

마지막으로, 나는 배워보고 싶은 것이 많은 욕심쟁이이기 때문에 대학에 진학하였다. 비록 대학 입학 전에 확실한 꿈을 정하지는 못했지만, 그 누구보다 배워보고 싶은 것이 많았다. 미술, 춤, 독서법, 한자, 봉사활동, 영어, 포토샵 등 지금 내가 배우고 있거나 이미 배운 것들은 지금 당장 눈에 보이는 결과물로 나타나진 않겠지만, 내가 통섭형 인재가 되는 데에, 혹은 미래에 내가 하게 될 일에 분명 어떤 방식으로든 영향을 미칠 것이다. 취업한다고 배움의 기회가 없는 것은 아니지만, 따로 무언가를 배우기 위해 시간을 내는 것이 힘들 것이기 때문에 사회에 나가기 전에 배우고 싶은, 배울 수 있는 것들을 원없이 배워봐야 한다고 생각한다. 또한, 대학에는 공부 외에도 인생, 진로에 대해 배울 수 있는 기회들이 많다. 나는 졸업하신 선배들, 학과 교수님들께, 많은 세미나와 강연들로부터 나에게 큰 도움이 되는 이야기들을 들을 수 있었다. 우리 학교에서 이렇게 많은 강연들과 교육을 실시하고 있다는 것을 3학년이 되어서야 알게 되었다는 사실이 너무 안타까울 정도이다. 정말 대학에는 배움의 기회가 사방으로 열려 있다.

나는 대다수의 학생들이 나와 비슷한 이유로 대학에서 공부한다고 생각한다. 명확한 꿈을 찾지 못해 사회에 나가기 두려운 사람들, 사회에서의 차별이 두려운 사람들, 대학 생활을 마음껏 누려보고 싶은 사람들, 배우고 싶은 것이 많은 사람들이 대학에 다닌다. 그러한 겁쟁이들, 욕심쟁이들이 자신들이 원하는 것들을 다 얻을 수 있는 곳이 대학이라고 생각한다.

존재의 이유 찾기

김유정 | 국어국문 11학번

나는 왜 대학에서 공부하는가? 막연한 이 질문이 나를 아연케 한다. 쉽지 않은 논제다. 밥은 왜 먹는가를 묻는 것과 유사하다. 그야 살기 위해서 먹는다. 공부는 왜 하는가? 지금보다 더 나은 삶을 살기 위해서 한다. 공부하면 더 나은 삶이 기다리고 있는가? 나은 삶이란 무엇인가? 행복한 삶이다. 그렇다면 행복의 척도는? 여기서 말문이 막힌다. 내가 행복으로 꼽은 항목이 진정 나에게 행복을 주는 것인지 확신이 안 서기 때문이다. 행복은 지극히 주관적인 것인데 행복의 가치가 어느 순간 타인들의 주문과 닮아 있다. 부의 축적과 물질적 재화만이 나를 행복하게 할 것이라는 이 맹신에 가까운 믿음은 어디서 비롯된 것일까? 그 착각에 쐐기를 박은 여대생이 있다. 고려대 김예슬 학생이다. 이름만 대면 누구나 알아주는 명문대학에서, '대학을 거부한다'는 한 여대생의 외침은 그

구호만큼이나 큰 사회적 반향을 불러왔다. 그 이유는 대학이 더 이상 배움의 산실이 아닌, 기업이 필요로 하는 '인간 상품'을 제조해주는 양성소로 전락했다는 대학의 현주소에 대한 일침 때문이었다.

나는 25년간 긴 트랙을 질주해왔다. 친구들을 넘어뜨린 것을 기뻐하면서, 나를 앞질러 가는 친구들에 불안해하면서, 그렇게 '명문대 입학'이라는 첫 관문을 통과했다. 그런데 이상하다. 더 거세게 채찍질 해봐도 다리 힘이 빠지고 심장이 뛰지 않는다. 지금 나는 멈춰서서 이 트랙을 바라보고 있다. 저 끝에는 무엇이 있을까? 큰 배움 없는 '大學 없는 대학'에서 우리 20대는 '적자 세대'가 되어 부모 앞에 죄송하다. 젊은 놈이 제 손으로 자기 밥을 벌지 못해 무력하다. 스무 살이 되어서도 꿈을 찾는 게 꿈이어서 억울하다. 언제까지 쫓아가야 하는지 불안하기만 하다. 나는 대학과 기업과 국가, 그들의 큰 탓을 묻는다. 그러나 동시에 내 작은 탓을 묻는다. 이 시대에 가장 위악한 것 중에 하나가 졸업장 인생인 나, 나 자신임을 고백할 수밖에 없다. 그리하여 나는 오늘 대학을 거부한다. 더 많이 쌓기만 하다가 내 삶이 시들어 버리기 전에.

— 고려대 김예슬 대자보 中

대학에 들어오기 전 위의 글을 읽었을 때는 능력 있는 자의 배부른 탄식이라 생각했다. 그러나 대학에 들어와 다시 글을 읽어보니 구구절절 다 옳은 소리였다. 내가 그토록 대학에 들어가고자 노력했던 이유도 결국 대학 간판을 얻기 위해서였다는 사실을 인정하지 않을 수 없다.

애초부터 이 불합리한 시스템은 학교와 기업, 정부의 합작품이다. 취업을 하려면 생존권을 쥐고 있는 기업의 요구를 무시할 수 없을 것이다. 큰 것을 가르쳐야 하는 대학의 가치보다 더 많은 취업자를 배출해야 대학도 살아남는다. 악어와 악어새의 관계였다. 애초 자본주의와 신자유경제의 논리는 약육강식을 원리로 삼으며 고래 싸움에 새우등만 터질 수밖에 없는 형국이었다. 그것을 알면서도 지배층들은 묵인해 주었고 학생들은 분연히 일어서지 않았다. 어쩌면 오래 전부터 우리는 사고하기를 거부하는 인간으로 자라왔기 때문이 아닐지…. 오직 예스맨만을 강요하고 잘 따라오기만 바라는 육아와 교육 방식이 결국 불합리한 모순 앞에서도 정의를 외면하게 만들었다. 늦었지만 상품으로 '간택'되기 전에 인간다운 삶을 위해 대학을 거부한다는 김예슬 학생의 당찬 포부가 나를 부끄럽게 한다.

문제의식을 가진 냉철한 통찰력이 그녀를 재평가하게 만든다. 나 또한 극약 처방이 필요할 때다. 김예슬 학생처럼 대학 다니기를 거부할 수는 없지만 진정 공부하는 이유와 행복의 기준이 어디에 있는지 새로운 관점에서 다시 시작해야 해야 한다. 성신여대 장정일 교수만 보아도 꼭 대학에서 공부를 하는 것이 전부가 아님을 알 수 있다. 그는 초등학교 졸업장이 전부였으나 수많은 책을 읽고 저술 활동을 선보여 현재 교수의 자리에 있다. 공부를 하고 배운다는 것은 장소나 학벌과 무관하다는 생각이 든다. 배움의 목적을 어디에 두고 자신이 관심 있어 하는 분야가 무엇인지 제대로 아는 것만이 공부를 하게 하는 원동력이 된다.

근대적 지식은 가시적이고 합리적인 세계만을 앎의 영역으로 국한함으로써 가장 먼저 몸과 분리되었고, 그와 동시에 삶과 분리되었다. 그 결과 공부는 한없이 협소한 전문 영역으로 축소되고 말았다. 학생들에게 장래 포부가 뭐냐고 물으면 기껏해야 의사, 변호사, 연예인 등 '잘 나가는' 직업들을 나열한다. 어떤 수준의 품성을 갖고 싶다거나, 삶의 어떤 의미를 깨우치겠다거나, 혹은 생사의 비밀을 알아내고야 말겠다고 하는 식의 발상은 전혀 없다. 공부를 늘 특정 영역이나 직업과 연관시키는 습관 때문이다. 적어도 공부라고 하면 존재 자체가 특별한 경지에 도달하는 과정이어야 하지 않을까.

—『공부의 달인 호모 쿵푸스』中

고미숙 씨는 자신의 저서 『공부의 달인 호모 쿵푸스』에서 존재 자체가 곧 공부라 했다. 처음에 이 말이 잘 이해가 안됐지만 다시 생각해보니 끝없이 의문과 문제를 제기하라는 말인 것 같다. 문제의식과 통찰력을 키우는 안목이 공부를 해야 하는 이유이기도 하다. 이미 88만원 세대로 낙찰된 이상, 취업 목적이 아닌 정신적 충족을 위한 공부를 다시 시작해야겠다.

"대학에서 공부하는 이유요? 진정한 나, 존재 이유를 찾기 위해서입니다."

만화가가 될 수 있을까?

이동일 | 글로벌미디어 06학번

모름지기 학생이라면 공부란 당연히 해야 하는 것이고, 학생일 때 제대로 할 수 있다. 그렇게 배워 왔다. 때문에, 당신은 '왜?', 그것도 '대학에서 공부해야 하는가?' 하는 주제에 대해 말해보라면 난감하기 그지없다.

우리 집은 특출난 부자는 아니지만 먹고 사는 데 큰 어려움은 없는 평범한 가정이었다. 나는 고등학교까지 평범한 생활을 했다. 나는 그림 그리기를 좋아했다. 수업 시간에 만화를 몰래 그리면서 만화와 일러스트로 먹고 사는 직업을 생각하게 되었는데, 부모님의 반대로 난관에 부딪쳤다. 당시 나는 대학 진학보다는 그림 실력과 경험을 쌓는 것이 더 우선이라고 주장하면서 대학은 가지 않으려고 했다. 하지만 대학을 안 나오면 만화고 일러스트고 먹고 살기 힘들다는 부모님의 의견에 결국 나는 내 주장을 꺾고 말았다.

나는 재수를 해서 2006년 숭실대와 ○○대에 합격했다. 양쪽을 놓고 고민할 때, 숭실대 글로벌미디어 학과에서 미술 실기로 예체능계 학생들을 두루 뽑을 정도로 미적 감각과 공학적 기술을 갖춘 인재들을 조화롭게 뽑아 양성하겠다는 비전을 제시한 것이 맘에 들어 숭실대를 선택했다.

그러나 진학한 후에 고민이 시작되었다. 작업을 하기에는 기자재가 늘 부족하였고, 커리큘럼은 컴퓨터공학과에서 많은 부분을 따와서 예체능 계열 학생들이 따라가기에는 낯설고 힘들었다. 그리고 결정적으로 내 마음을 한동안 떠나게 만들었다 말해도 과언이 아닌, 디자인계 과목에서의 예체능 역차별 문제 등이 나를 힘들게 했다. 그러면서 예전에 포기한 ○○대 만화과에 대한 미련이 내게서 떠나지 않았다. 결국 4학년이 된 지금까지도 나는 나쁜 학점과 불성실한 수업 태도로 많은 교수님들과 강사님들, 부모님께 좋지 못한 모습을 보이고 있다.

다시금 진지하게 나에게 질문을 던져 본다. 나는 왜 대학에서 공부하는가? 아니, 그 전에 나는 왜 대학에 왔는가? 부모님께 대학 졸업장을 내밀기 위해서? 수업에 성실히 참여하지 않고 헛된 일에 시간을 쓰기 위해서?

난 이러려고 대학 온 게 아니다. 나는 그림을 그리며 만화가나 일러스트레이터를 꿈꾸고, 판에 박힌 고등학생 때까지의 생활을 접고 일과 사람들과 부딪치며 사회를 배우고, 식견을 넓히기 위해 이 대학에 왔다. 이제 내게 남은 대학 생활은 한 학기 정도이다. 이런 문제들에 대해 고민하고 공부하고 정리할 시간도 그만큼밖에 남지 않았다. 또한, 졸업이라는 고개를 넘었다고 끝이 아니다. 나는 만화 창작자로서 또 고민하고 공부하고, 정리를 해내야 한다.

최근 만화의 생산과 제작, 유통구조는 어떻게 돌아가는가? 만화 고료는 얼마나 되고 그것은 어떻게 결정되는가? 나는 고료만으로 먹고 살 수 있는가? 그리고 나는 '과연 명작을 남길 수 있는가?' 음, 마지막 질문이 나를 잠잠케 한다.

만화는 이미 펜과 종이만으로 만드는 영역에서 벗어나 CG 프로그램과 타블렛 펜으로, 책이라는 매체를 떠나 웹툰과 영상으로 그 존재를 넓혀가고 있다. 작가들 역시 국내 시장에 안주하지 않고 해외에 진출하여 자신의 작품을 잡지나 개인 단행본으로 출판하거나, 작품 라이센스를 수출하는 등 활로 개척에 매진하고 있다.

내가 이 대학에서 공부를 포기하지 않은 이유는 그림 한 가지만 그려서 최고가 되는 세상은 이미 지났다는 것을 내가 깨달았기 때문이다. 성공하고, 업적을 남기고 싶다면 적어도 두 가지, 그것도 '각각 다른' 분야에서 전문가가 되어야 한다. 프로그래밍에선 여전히 느리지만, 그렇다고 아직 좌절한 건 아니다. 그리고 만화라는 분야에서 스펙트럼을 넓힐 수 있었기에 내 3년은 적어도 그저 헛되이 날아간 시간은 아니라고 생각한다. 이제 남은 학기에 충실하여 유종의 미를 거두고 싶다.

아직 단물을 빨아 먹지 못했어

이민우 | 기계공학 11학번

　내가 생각하는 대학의 의미는 '혹시나'이다. 학교에 다니다 보면 선배님들도 만날 수 있고 여러 폭넓은 지식을 쌓는다. 그러다 보면 내가 원했던 진로들이 현실의 벽에 막히는 경험을 하게 된다. 현실의 벽에 막히는 일은 삶에 활력을 넣어 줄 수 있는 요소이기에 좋은 경험이 된다.

　대학 교육의 목표를 학점 잘 받아서 취업하는 것으로 삼는다면 이는 큰 오산이다. 우리는 대학이라는 곳에서 학점뿐 아닌, 더욱 커다란 무언가를 찾을 수 있다. 그것은 자율 통제 능력에서부터 시작된다. 우린 항상 정해진 틀에서, 정해진 수업시간에, 정해진 선생님을 기다리는 생활을 해왔다. 하지만 대학에서는 우리가 원하는 교수님을 우리가 원하는 시간에 만날 수 있고, 우리가 정한 날짜에 원하는 일을 할 수 있다. 이는 곧 우리가 쉽게 망가질 수도 있음을 의미한다. 우리는 그동안 살면서 이렇게 자유로운 적이 없었다. 역설적으로 스스로를 통제할 수 있는 능력을 길러줄 수 있는 요소는 바로 대학이다. 또한 나의 한계를 느끼게 해줄 수 있는 요소도 대학이다.

나는 위로 누나 두 분이 있다. 나는 초등학생 때 공부를 꽤나 하는 학생이었다. 공부를 한 적이 없지만 수학 경시 대회는 이상하게 항상 100점이 나오곤 했다. 중학생에 진학한 나는 좋지 않은 친구들과 어울려 다니기 시작했다. 그렇다 보니 공부의 끈을 완전히 놓아버렸다. 우리 부모님은 "아들, 아들" 하시며 이뻐하시고 나에게 큰 기대를 거셨다. 그렇지만 항상 기대치에 미치지 못하고 고등학교에 진학한 나는 고등학교라는 새로운 세계에서 부적응자가 되었다. 1학년 때에는 경찰서에서 지문을 꽤나 찍었다. 그때 가족들이 흘려준 눈물이 아마 나를 세상에 적응하게 만들었을 것이다. 고3 때는 공부는 하지 않았지만 학교는 빠지지 않고 열심히 다녔다. 스무살이 된 나는 좋아하는 여자가 생겼다. 여자애는 대학교에 진학하고, 나는 할 일이 없어 막막하였는데 여자애는 점점 멀어져 갔다. 인생 최고의 고민에 빠진 나는 결정을 했다. 수능 공부를 하기로 한 것이다. 밤마다 이를 갈면서 내가 그 여자애보다 좋은 대학교를 진학하고자 마음먹었다.

나는 중학교 1학년 이후로 공부를 해본 적이 없다. 그렇게 해서 재수 공부를 시작했는데, 정말 비좁은 교실에 사람이 미어터지는 그곳에서 나는 새로운 세상을 경험했다. 다른 친구들은 대체 왜 대학교에 가려고 코피 흘려가며 공부하고, 병든 닭처럼 졸면서도 고개는 떨어지지 않는 것일까? 아마도 그 답은 절실함 같다. 재수 학원에서 우리반은 대부분의 사람들이 사연이 있어 보였다. 아마 수준이 낮은 반이어서 그랬을 것이다. 군필자 사람들도 많았다. 공부는 많이 한 것 같은데 성적은 도무지 오르지 않으면서 여름이 다가왔는데 월드컵이 시작됐다. 초반에 먹었던 마음이 흐트러지기 시작했다. 갑자기 "나는 왜 여기서 이 짓을 하고 있지?" 하며 회의가 들어 여름에 학원을 그만뒀다. 재수를 포기하면서 나는 또다시 나를 놓았다.

바람이 차가워지면서 9월이 다가왔는데 계속 마음이 좋지 않고 우울증에 걸린 기분이었다. 나는 부모님께 울면서 다시 해보겠다며 다짐을 하고 시작했다. 부모님은 나를 또 믿어주시고 뒷바라지 해주셨다. 지금 다시 안 하면 평생 후회할 것 같았다. 두 달 만에 다시 시작한 공부라 그런지 기억은 희미하지만 머리에 잘 들어오기 시작했다. 잠자는 시간 빼고는 공부를 했다. 평생 이렇게 공부해본 적은 처음이었는데 성적도 조금씩 올라갔다. 9월 초반에 나의 목표는 서울에 있는 전문 대학이었다. 수능을 보는 날까지 실낱 같은 희망을 놓지 않고 계속해서 공부를 했다. 정말 9월부터 시작했다고 해도 과언이 아니지만, 나는 서울에 있는 4년제 대학에 진학하게 되었다. 나로서는 의도치 않게 목표 이상을 달성하게 되었다. 1년의 시간이었지만 10년처럼 느껴진 한 해다.

여러 관문을 넘어서 온 곳이어서 나에게 대학은 특별한 의미를 지닌다. 한 해의 경험이 인생을 새로운 시각으로 볼 수 있게 되었다. 대학은 나에게 정말 하나의 큰 도전이었다. 이렇게 절실하게 공부해서 들어온 대학인 만큼 1학기 초반에 정말 열심히 나오고 힘을 뺐다. 지금은 무언가 고삐가 풀렸다. 헌데 가끔 공부할 때를 생각해 본다. 그때를 생각하면 지금은 정말 죄 짓는 기분이다. 앞으로 나의 인생은 많이 남은 것 같다. 앞으로 무엇을 하게 될지는 모르겠지만 대학교에서 할 수 있는 모든 것을 해보고 싶다. 학교에 등록금을 낸 만큼 학교의 단물을 빨아 먹을 것이다. 지금의 나는 아직 대학교에 대해서 알아가는 과정인 만큼 선입견 없이 새로운 시각으로 공부를 포함해 더욱더 많은 분야에서 많은 경험을 할 것이다.

Part 4.

나는 왜?

의심스럽고 막막하다

안전을 보장받잖아

안주열 | 컴퓨터학부 11학번

솔직히 말해서 누군가가 나에게 "왜 대학에 다니니?" 하고 물으면 할 말이 없다. 그냥 주위에 있는 모든 사람들이, 아니 내가 살고 있는 이 나라 전체가 대학에 가지 못하면 그 날로 사회적으로 '매장' 당하는 것처럼 발을 동동 구르고 있었기 때문에 나 또한 그 분위기에 휩쓸려서 대학에 가질 못하면 큰일이라도 나는 줄 알았다.

그런데 막상 대학에 들어와서 보니 생각했던 것보다 그리 대단하지 않았다. 1학년인 것을 감안하더라도 배우는 건 어이가 없을 정도로 적었고, 스케줄은 고등학교 때와는 비교도 안 될 정도로 느슨했다. 모두 다 그런 건 아니지만 실력에 도움이 되는지 의심스러운 전공 과목과 실용성이라고는 찾아볼 수 없는 교양 과목을 듣다보면 등록금은 둘째 치고 시간부터 아까웠다. 게다가 경쟁 중심의 입시를 치르고 왔기 때문인지 1학년부터 학점에 목매는 동기들을 보면 더욱 씁쓸했다. 수업의 질이 좋건 말건 학점만 잘 받으면 끝이라는 인식이 팽배해 있었다. 학문의 전당, 상아탑이 취업을 위한 인력 양성소로 변해버렸음을 느꼈다.

4개월 남짓, 서른 번을 겨우 채우는 수업을 들으며 400만 원이 넘는 돈을 지불한다. 이렇게 4년, 너무 아깝다는 생각이 들었다. 체계적이라고? 63 빌딩을 올리기 위한 기초를 다져야 하는데, 1학년인 내게 주어진 건 모종삽뿐인 기분이다. 이런 식이라면 차라리 학원에 가는 것이 백 배나 더 효율적이라는 생각을 많이 했다. 대학에서 허송세월하느니 학원에서 전문 기술이라도 확실하게 배워서 실력자가 되는 건 어떨까 하고.

그런데 생각만 그렇게 했지 실행에 옮길 수는 없었다. 대한민국이라는 사회는 대학 졸업장이 없으면 아무 것도 인정받을 수 없는 사회이기 때문에. 청년 실업이 심각한 상황에서 단순 업무직에도 대학 졸업자가 채용되기도 하고, 대부분의 경우 승진이나 연봉의 문제에서 고졸자와 비교해서 대졸자가 우위를 가진다. 이런 점들 때문에 차마 대학을 떠날 수가 없다. 남들이 다 가니까, 안 가면 손해 보는 분위기니까, 이런 현실적인 이유로 무작정 대학에 온 나는 대학이라는 곳에 회의를 느낄 수밖에 없다.

그러나 대학이 꼭 좋지 않은 점만 있는 건 아니다. 약 1년 가량 다니면서 느낀 건데, 대학은 사람과 사람이 만나서 교류할 수 있는 장(場)이 되어준다. 동기, 선후배들과 친분을 쌓고 과내 소모임이나 과외 동아리를 통해서 많은 사람들을 만나고 이를 통해 식견을 넓힐 수 있었다. 사람들이 저마다 고민을 안고 살아가며 자신의 위치에서 최선을 다하며 살고 있음을 깨닫게 되었다. 만약에 학원에 갔거나 아예 대학 진학을 포기하고 사회에 진출했다면 이런 진솔한 경험을 얻기는 힘들었을지도 모른다. 학생이라는 신분에 안주하여 배부른 생각을 하는 것은 아니다.

철학자 이지(李贄)는, "나이 오십 이전의 나는 정말로 한 마리의 개에 불과했다. 앞의 개가 그림자를 보고 짖으면 나도 따라서 짖어댔던 것이다. 만약 남들이 짖는 까닭을 물으면 그저 벙어리처럼 쑥스럽게 웃기만 할 따름이었다."라고 말했다. 내 상황도 이와 다르지 않았다. 앞의 개가 짖는다고 나도 같이 짖는 것처럼, 모두가 대학에 가야 한다고 하니 나도 대학에 왔다. 이런 상태에서는 당연히 대학을 다니는 이유라든가 하는 것들을 찾을 수가 없다.

그간 많은 생각을 하면서 내린 결론은 이것이다. 내가 생각하기에 대학이라는 곳은 학문적으로 성취를 이루기 위해 가는 곳이 아니다. 적어도 대한민국의 대학은 그렇다. 그렇다고 대학 자체가 의미가 없는 건 아니다. 입시공부만 하며 좁은 교실에 처박혀 있던 고등학생들이 좁은 시각에서 벗어나 많은 사람들을 만나면서, 살아가는 법을 배울 수 있는 곳이 대학이기 때문이다.

전에 읽던 책에 이런 이야기가 있었다. "경쟁이란 시스템은 초식동물의 군집과 같다." 다 함께 몰려다니면 자연스럽게 선두와 후미가 나뉘기 마련이고, 무리에서 뒤쳐진 병들거나 나이든 개체들이 포식자에게 잡아 먹히면서 무리 전체의 안전이 보장되는 시스템이라는 것이다. 이 이야기를 읽고 나니 경쟁사회에서 어떻게 살아가야 하는지 감이 잡혔다. 원하는 방향으로는 갈 수 없지만 무리에 속해서 안전을 보장받든가, 과감하게 무리에서 떨어져 나와 포식자를 피해 본인이 원하는 곳으로 가든가, 둘 중 하나다. 후자의 경우 추격해오는 맹수를 따돌릴 수 있을 만한 능력과 온 마음을 다해서 열망하는 목표가 있어야 한다. 나는 아직 이 목표를 찾지 못했고 아직은 능력도 부족하다. 기초적인 체력을 기르며 많은 사람들과 교류하며 견문을 넓히다 보면 언젠가 찾을 수 있을 거라 생각한다. 이것이 내가 대학에서 공부하는 이유다.

내 경험의 폭이 넓지 못하여

박상우 | 산업정보 10학번

나는 왜 대학에서 공부를 하고 있는 걸까? 이 주제를 보고 곰곰이 생각해 보았는데 뭐라고 말해야 할지 잘 떠오르지 않았다. 나는 중학교에 들어간 이후로 공부하기를 멈춘 적은 없던 것 같다. 하지만 사실 지금 돌아보면 그 공부라는 게 조금 우스운 것 같다. 나는 어렸을 때 그다지 공부에 흥미가 없었는데 학교 시험에서 점수가 낮으면 엄마한테 혼날까 봐 열심히 벼락치기로 공부했던 기억이 난다. 그리고 학교가 끝나면 다시 학원에 갔는데, 그 곳에서는 매일같이 쪽지 시험을 보고 점수가 좋지 않으면 손바닥을 맞곤 했다. 나는 맞기가 싫어서 영어 단어를 필사적으로 외웠다. 나는 혼나는 것이 두려워서 공부를 했던 것이다.

그렇다면 공부를 열심히 해야 한다며 나를 혼내던 우리 부모님이 잘

못된 것일까? 그렇지도 않은 것 같다. 우리 아버지는 내가 대학에 들어간 이후로는 나에게 잔소리를 거의 하지 않으신다. 하지만 가끔씩 밖에서 술을 드시고 오실 때면 한숨을 쉬시며 나에게 한마디씩 하신다. "아들아, 넌 열심히 공부만 해라. 엄마, 아빠가 힘닿는 데까지 다 해줄 테니까." 나는 이런 말을 듣고 나면 왠지 모를 짜증이 나서 아버지에게 건성으로 대답하고 내 방으로 들어갔다. 그러고 나서 방에서 혼자 있다 보면 드는 생각이 있다. '내가 대학에 온 것은 정말 부모님이 원했기 때문일까?' 이것도 아닌 것 같다.

문제는 나에게 있었다. 나는 내가 가고자 해서 대학에 왔지만 내가 대학에 왜 가는지는 한번도 생각해 보지 않았다. 그냥 다른 사람들이 모두 가니까, 대학에 가야만 고생하지 않고 살 수 있으니까, 이것이 내가 대학에 온 이유의 전부였다. 그러면 이제부터 내가 해야 할 일은 무엇일까? 생각해보니 간단했다. 나는 내 목표를 찾으면 되는 것이었다. 내가 무엇을 잘하고 무엇을 할 수 있는지, 내가 하고 싶은 것이 무엇인지를 찾아내야 했다. 이 사실을 깨닫기 위해서 너무 오랜 시간을 헤맸다.

하지만 나는 그것들조차 쉽게 찾아내지는 못할 것 같다. 내가 대학에 와서 처음 느낀 것은 내가 해보지 못한 것들이 너무나 많다는 것이다. 내가 여태껏 잘하는 것을 찾아내지 못한 이유는, 바로 내가 해보지 못한 것들이 너무 많아서였다. 나는 이전에 경험하면 좋았을 것을 시간을 어영부영 보내다가 그 기회를 놓쳤거나, 혹은 잘 몰라서 기회를 잡지 못했다. 지금 나는 무엇이든지 경험해 보는 것이 가장 중요하다고 생각한다. 그래서 나는 대학이라는 곳에서 최대한 경험해 보려고 한다. 생각해보니 나에게 대학이라는 것은 내가 사회에 나가기 전의 마지막 문이다. 나는 이 문을 나가는 순간 내가 얻는 것이 경험이 아닌, 실패가 될 것 같다는 생각이 든다. 성공하기 위해서 온 대학에서 나가는 순간 나는 실패라는 것을 느끼게 될지도 모른다.

이렇게 생각하니 옛날 어른들이 하시던 말씀들이 맞는 것 같다. 가장 성공을 쉽게 하는 방법이 '공부'라는 것 말이다. 나는 여태까지 공식을 외우고 영어 단어를 외우는 것만이 공부인 줄 알았는데, 다시 보니 내가 해야 할 공부는 그런 것들만이 아니었다. 나는 좀 더 이 세상에 대해서 깊게 공부를 했어야 했다. 비록 많은 시간을 낭비했고 내가 대학생으로서 보낼 시간들이 그렇게 길게 남은 것 같지도 않지만, 나는 그 시간 동안 대학에서 좀 더 많은 것들을 보고 느끼고 직접 경험해보고 싶다. 그리고 대학이라는 곳이 내게 이런 것들을 충분히 제공해주는 공간이 되었으면 한다.

아는 게 없어서 불안하다

김동환 | 전기공학 11학번

　나는 대학에서 무엇을 얻을 수 있을지 아직은 모르겠다. 하지만 대학을 다니긴 해야 될 것 같아서 계속 다니고 있다. 어쨌든 대학교에서 뭔가를 배우고 싶다. 대학교에서만 배울 수 있는 뭔지 모를 무언가가 있을 것만 같다.

　사람이 사회에서 살아가기 위해서는 돈이 필요하다. 기본적으로 돈이 있어야 먹고 살 수 있다. '얼마나 더 많은 돈이 있나'에 따라 더 좋은 집에서 살 수 있고, 더 좋은 것을 먹을 수 있고, 자신이 하고 싶은 것들을 할 수 있는 여유가 생긴다. 내가 가치를 두는 것은 돈보다는 돈을 많이 가짐으로써 얻는 '여유' 때문이다. 나는 대학을 졸업해야 돈을 많이 벌 수 있을 거라고 생각한다. 물론 대학을 다니지 않고도 성공한 사람도 있긴 하다. 빌 게이츠는 대학교를 자퇴했고, 스티븐 잡스는 대학교를 중퇴

하고도 크게 성공한 사람이다. 하지만 이들 외에 대학을 나오지 않고 성공한 사람을 찾기란 쉽지 않다. 그만큼 대학을 졸업하지 않고는 성공할 확률이 드물다는 것이다. 그래서 우리 사회에서는 대학교를 나와야만 안정된 삶이 보장된다는 인식이 있는 것 같다. 전문직인 의사, 한의사, 변호사, 변리사는 여전히 뜨고 있는 업종이다. 마음 같아서는 비싼 등록금 내고 다니는 대학교를 때려치우고 내 길을 찾아가고 싶다. 그렇지만 그렇게 되면 혹시라도 어떻게 될지 모르는 미래의 불안감 때문에 나는 지금 대학에서 공부하고 있다.

내가 고등학생일 때, 나는 대학교에 반드시 가야 한다고 생각하였다. 갈 수 있는 한 좋은 대학교로. 그래야 남들보다 앞서 나가고 인정받을 수 있다고 생각했다. 이게 내가 대학교를 오게 된 이유다.

주위의 많은 대학생들이 좋은 기업에 취업하기 위해서 대학교를 다닌다. 같은 전기과 애들만 봐도 전기 기사가 된다든지, 한국전력공사에 취업을 할 거라든지 하며 전공을 살려 좋은 회사에 취업하기를 소망한다. 하지만 나는 아직까지 전공과 관련된 쪽으로 취업하는 것을 생각해 본 적이 없다. 나는 숭실대학교 전기공학과를 그저 수능 점수에 낮춰서 왔다. 내가 찾아서 지원서를 접수한 것도 아니고, 학원 선생님이 내 점수에 맞춰 주신 곳이다. 그렇다고 전공이 내 적성에 맞지 않다는 것은 아니다. 단순히 미래에 대해 구체적인 계획이 없을 뿐이다. 물론 나도 하루 빨리 내 길을 정해서 나아가고 싶어서 매일 고민한다.

요새는 앞으로 어떻게 될지도 모르는 미래를 가지고 내가 필요 이상으로 신중해서 결단을 못 내리는 것이 아닌가 하는 생각이 이따금씩 든다. 하지만 단순히 취업이 지금 나의 대학생활의 목표가 되게 하고 싶지 않다. 내가 대학에 오기 전에 남들보다 더 잘 나가기 위해서, 단순히 더 높은 대학만을 목표로 공부를 한 것과 같은 실수를 되풀이하지 않고 싶다.

그런데도 내 자신을 잘 모르겠다. 어렸을 때는 축구와 게임을 잘했다. 하지만 지금은 내가 무엇을 잘하고, 무엇을 좋아하는지 모르겠다. 지금도 여전히 축구나 게임을 좋아한다. 하지만 초등학생이 축구를 잘한다고 하면 "교우관계가 원만하고, 건강한 애로구나." 하고 받아들일 텐데, 내 나이 때에 축구를 잘한다 하면 '축구를 특출하게 잘해서, 축구에 관련된 미래를 생각하고 있다.'라고 받아들이는 것 같다. 그 정도의 실력이 아니라면 동네 조기축구회 같은 데 말고는 쓸 곳이 없다. 대학생이 된 지금 이런 것들은 그다지 쓸모가 없다. 오히려 자격증을 따고 컴퓨터를 잘 다루고 외국어에 능통한 것이 쓸모가 있다. 내가 언제부터 이렇게 생각했을까? 내 관심이 취업 쪽으로 쏠리면서 그와 관련된 것을 가치 있게 여기고 나머지 것들은 쓸모없다 여기게 된 것인가? 아니면 우리 사회가 취업만 하도 이야기하다 보니까 나도 모르게 바뀐 것인가? 잘 모르겠다.

나를 알고 싶다. 이제 스무 살이 되었다. 하지만 나에 대해 아는 것도 없고, 내가 무엇을, 왜 하는지도 모르고 생각없이 닥치면 하는 일들이 많다. 입시전쟁을 치르고 대학에 온 나는 이제 막 올챙이에서 개구리가 된 느낌이다. 어쨌든 나는 대학교에서 뭔가를 경험하고, 배우고 싶다. 대학교에서 얻을 수 있는 뭔지 모를 무언가가 분명 있을 것 같아서 나는 대학에 다니고 있다.

형편없는 이유

박병건 | 영어영문 11학번

나는 왜 대학에 진학해서 공부를 하고 있는 걸까?

조금만 시간을 돌려서 생각해 보면 나는 고3 때 '인 서울'을 목표로 공부를 아주 열심히 하고 있었다. 그런데 그 꿈을 이룬 지금 나는 목표가 없어져 펜조차 잡지 않는다. 그렇다면 나는 왜 비싼 등록금을 내고 대학에서 공부하는 걸까?

주위의 대학생들은 대학에서 학문을 하여 진리를 탐구한다든지, 그냥 영어 자체가 좋아서 영어공부를 한다든지 등의 많은 이유가 있을 거다.

그런데 나는 잘 모르겠다. 그냥 공부는 하지 않지만 굳이 대학 다니는 이유를 찾으라면 바로 취업이다. 지금은 취업이 어려운 시기이다. 그 취업에서 필수조건이 되어버린 게 바로 4년제 대학이다. 나도 당연히 그렇게 생각하고 대학에 왔다. 더 좋은 직장에 다니기 위해, 더 나은 수입을 위해 대학에 왔다.

　어떻게 생각하면 정말 형편없는 이유로 다니고 있지만 그밖에는 딱히 이유를 찾을 수가 없다. 그냥 당연히 대학은 다녀야하는 걸로 알고 있었고, 더 좋은 직장을 얻기 위해 당연히 가야 하는 건 줄 알았다. 지금 우리나라의 대학 진학률은 80퍼센트가 되었다. 그냥 아무나 대학에 가는 실정이다. 정말 나도 왜 공부해야 하는지를 모르겠다. 심지어 내 친구 중 성적이 잘 나오는 아이조차도 왜 자기가 공부를 해야 하는지를 모르겠다고 한다. 솔직히 그냥 취업 때문에 흥미도 없는 대학 수업을 듣고 있는 내 자신이 너무나 불쌍하다.

　나에게도 동기 부여만 된다면 정말 공부 열심히 할 수 있을 텐데, 그어떤 것도 나에게 동기 부여가 안 된다. 하지만 언젠가는 동기 부여가 될 것이다. 취업이든 뭐든 말이다. 지금 나는 과제든 시험이든 뭐든지 닥쳐서 하고 있다. 하지만 곧 그런 시기가 사라질 거라고 생각한다.

설명할 수 없는 날들

조명기 | 영어영문 11학번

　대학에 와서 처음으로 대학에서 공부하는 이유에 대하여 생각해 보았다. 초등학교, 중학교, 고등학교 때는 다 좋은 대학에 가기 위해서 공부를 했는데 막상 대학에 와보니 왜 내가 대학에서 공부하는지 뚜렷한 생각 없이 공부를 하고 있는 것 같다. 아무리 생각을 해봐도 딱히 적당한 이유를 생각해낼 수 없다.

　나는 취업을 하기 위해서 대학에서 공부하는 것 외에는 이유가 없다. 연봉만 봐도 고졸 취업자의 경우는 초봉이 1,500~1,800만 원 사이에서 시작하고, 대졸 취업자의 경우는 초봉이 2,400~2,800만 원 사이에서 시작한다고 한다. 또한 이력서도 고졸자는 낼 수 있는 곳이 10퍼센트밖에 안 되는데, 대졸자는 95퍼센트나 된다고 한다. 일단 대학 교육을 받은 사람과 고졸의 경우 취업에 있어서 길이 너무나 차이가 난다. 또 나는 영어영문과에서 공부하고 있는데 요즘 기업체에서 영어 능력을 따지는 곳이 많아서 다른 과에 비해서는 더 좋은 취업의 기회를 얻을 수 있다. 또한 대학교에서 진로 상담과 취업 센터 여러 강연회 등을 통해서 취업에 대해서 더 많은 정보들을 얻을 수 있다.

군이 또 하나의 이유를 꼽자면 사회로 나가기 전 적응을 할 수 있다는 것이다. 대학에 처음 들어오면 1학년으로 제일 후배지만 졸업을 할 때에는 최고 선배가 되어서 학교를 나간다. 대학에서 만난 사람들은 서로 친구, 선후배 관계를 맺으면서 서로 돈독한 정을 쌓고, 졸업을 하게 되더라도 연락을 주고받고 도움이 되는 관계가 될 수 있다. 고등학교 때 선후배 관계는 말로만 선후배고 서로 교류 없이 지내지만, 대학에 오니까 선후배들과 엠티나 모임을 함께 하면서 친해지는 것 같다. 군이 대학에 오지 않더라도 일찍 사회로 나가서 많은 사람들과 교류할 수 있지만, 대학에서는 더 쉽게 사람들과 관계를 맺을 수 있는 것 같다. 대학만 다녀도 충분하지만, 동아리 하나만 들게 되더라도 더 많은 사람들과 사귈 수 있다는 점도 좋다.

대학에는 부모님의 설득으로 오게 되었다. 형도 나도 별로 대학에 관심이 없었고 공부에 뜻이 없었다. 형은 일찍부터 사업을 준비한다고 공부에서 손을 놓았고, 나도 생각을 하다가 사업을 하기로 생각해서 공부를 소홀히 하였다. 부모님께서는 집안에서 한 명은 대학에 가야 하지 않겠냐고 나를 설득하셨고 나는 그렇게 대학에 오게 되었다. 영어영문과도 그냥 사람을 많이 뽑는다기에 지원을 했다. 나도 그렇고, 형도 그렇고 대학교 4년 동안 공부할 그 시간에 사업을 준비하는 것이 우리에게 더 좋을 것이라고 생각을 했다. 대학에 오긴 왔지만 세 달이 다 되어가는 지금 생각해 보면 무엇 하나 제대로 한 것이 없다. 대학에 대한 환상들이 많았지만 일치하는 부분은 거의 없었다. 대학에서 공부를 하면 자기가 하고 싶은 것들만 골라서 편하게 하면 되는 줄 알았는데, 매일 친구들과 어울려 놀다보니 과제하기도 바쁘다. 시험 공부도 하루 전날 하거나 아예 하지 않기도 한다. 사업을 하기 위해서 복수전공으로 경영을 한다면 내가 능동적으로 공부할 하나의 이유가 더 생기긴 하지만, 지금으로선 대학에서 등록금은 등록금대로 내고 시간은 따로 쓰고 있어서 회의감이 많이 든다.

정말 아직도 내가 왜 대학을 다니는지 설명할 수가 없다. 억지로 이유를 만들어냈지만 앞으로 대학을 다니면서 차츰 대학에서 공부할 이유를 찾아갔으면 좋겠다. 그래서 수동적으로 시간과 돈을 낭비해서 나중에 졸업할 때 허탈한 감정만 남지 않도록, 나도 노력해서 대학 공부를 능동적으로 해야겠다.

강요된 대학 공부

염선영 | 전기공학 11학번

우리는 보통 다섯 살 때부터 유치원을 다니고, 여덟 살에 초등학교에 입학하여 고3 때까지 꾸준히 공부한다. 따지고 보면 이렇게 공부하는 건 다들 좋은 대학교에 입학하기 위해서다. 나 또한 다섯 살 때부터 유치원을 다녔고, 초등학교에 입학하면서부터는 사교육도 함께 받았고, 올해 숭실대학교 전기공학부에 입학하게 되었다. 숭실대학교가 나에게 14년 동안 공부한 결과인 것이다. 그런데 문득 내가 10년이 넘는 세월 동안 대학교에 들어오려고 왜 이렇게 힘들게 살았는지 모르겠단 생각이 든다. 과제가 너무 많아서 밤을 새는 날에는 진짜로 '내가 대학 와서 이런 공부를 왜 해야 되지?'라는 생각을 한다.

정말 나는 대학에 왜 왔고, 왜 공부를 할까? 이러한 질문에 대해 정말 단순하게, 더 깊고 폭넓은 공부를 하고 싶어 대학에 간다고 대답하는 사람은 극소수일 것이다. 내가 생각하는 정답은 '우리 사회'다. 사회가 우리를 대학에 가서 공부를 하게끔 만들어 놨다. 요즘 사회에서 대학은 그냥 의무교육인 것처럼 당연하게 여기고 있다. 요즘은 곧바로 취업하는 게 목적인 상고, 공고에서도 대학 진학을 많이 한다. 우리 부모 세대까지는 꼭 대학을 졸업하지 않더라도 먹고 사는 데 지장이 없었다. 하지만 이젠 대학을 졸업하지 않으면 취업을 할 수도 없다. 아니, 취업은 할 수 있다. 그러나 우리가 원하는 이상적인 취업을 할 가능성이 매우 희박하다. 고등학교만 졸업하고도 자기 재능을 잘 개발해서 크게 성공하는 사람도 있겠지만, 통계상 그런 경우는 정말 찾아보기 힘들다. 또한 단순히 고졸이라는 이유로 무시 받고 부당한 대우를 받는 경우가 허다하다. 그러니 대학 가는 것은 당연하게 되었다.

그런데 가만히 생각해보면 우리가 원하는 삶을 살기 위해서 대학에서 공부하는 사람은 많지 않은 것 같다. 나는 수시 1차 논술 전형으로 우리 대학교를 입학하였다. 처음 대학교에 입학해서 학과 친구들과 알게 되었는데, 대화를 나눠보니 대부분 자기 학과에 만족하지 못한다고 하였다. 수시로 입학한 친구들은 하향 지원했는데 합격되어 그냥 왔다는 식으로 말하였고, 정시로 입학한 친구들은 평소 실력보다 수능을 망쳐서 이곳으로 입학하게 됐다고 말하였다. 이렇게 말한 친구들은 전기공학에 관한 공부를 정말 하고 싶어서 온 게 아니라 일단 대학은 가야했기에 점수에 맞춰서 왔을 뿐이라고 하였다. 내가 아는 친구들 대부분이 학과 공부를 힘들어했고, 아직 진로도 제대로 결정하지 못하였다. 이는 당연한 것이다. 원하는 학교, 원하는 과도 아닌 곳에서, 원하지 않는 공부를 하는 건 고문이나 다름없다. 억지로 해서 학점을 잘 받아서 좋은 곳에 취직되었다고 해도, 우리 학과 특성상 취직된 곳은 학과 적성을 살리는 곳일 것이다. 그럼 자신이 흥미 없는 내용의 일을 돈을 벌기 위해 평생 해야 되는 것이다. 그러니 이들이 대학에서 공부하는 이유를 자신이 원하는 삶을 살기 위해서라고 말할 순 없는 것이다.

사실 나도 점수 맞춰 대학에 입학한 학생 중 한 명이다. 솔직히 1학기에는 전기공학에 흥미가 없었다. 그런데 1학기를 경험하고 나서 방학 동안에 전기 공학에 대해 조사하고 진로는 어떻게 되는지, 선배들의 취업률은 어떻게 되는지, 세부 전공은 어떻게 나뉘는지 등등 조사를 해보니 흥미와 관심이 생겼다. 따라서 나는 마음이 바뀌어서 대학에서 공부하는 이유를 인생의 만족을 위한 것이라고 말할 수 있다. 하지만 예전의 나는 대학에서 공부를 하는 이유가 원하는 삶을 준비하려는 것이 아니라 그냥 먹고살기 위해서였다. 정리해 보면 대학 공부가 재미있는 사람이든 재미없는 사람이든, 이 둘의 목적은 같은 부분이 확실히 있다. 둘 다 물질적으로 편안한 삶을 살고 싶어서 공부하려는 것이다.

나는 정말 전공을 잘 살려 취업을 잘해서 돈도 많이 벌고 좋은 대우를 받으면서 사랑하는 남편과 토끼 같은 자식들과 정말 행복하게 살고 싶다. 나도 아직 내 전공에 흥미를 느낀 지 얼마 되지 않아서 내가 대학에서 공부를 하는 명확한 이유는 잘 모른다. 대충 말하자면 내가 원하는 풍요로운 삶을 살고 싶어서라고 할 수 있다. 나는 우리들을 꼭 대학에 진학하게끔 만드는 우리 사회가 너무 싫다. 사람은 사람마다 할 수 있는 것과 하고 싶은 것이 다 다른데 우리 사회는 우리들을 무조건 대학에 가서 공부하도록 강요한다. 나는 그래서 오늘도 정확한 이유도 없이 대학에서 공부를 하고 있다.

엮은이 | **권혁래**

연세대학교 국어국문학과, 동대학원 졸. 문학박사. 한국 고전문학 전공.
숭실대학교 베어드 학부대학에서 6년 간의 교수 생활을 마치고, 현재 용인대학교 교육대학원 교수로 근무하고 있다. 고전문학의 현재적 의미와 다시쓰기, 옛이야기의 형성, 창의적 글쓰기 등에 관해 관심을 갖고 연구하고 있으며, 저서로는 『조선후기 역사소설의 탐구』, 『손에서 손으로 전하는 고전문학』(2007 BEST BOOK 20 선정), 『구한말 피난자의 해학적 형상, 〈서진사전〉 연구』, 『고전소설의 다시쓰기』, 『읽기와 쓰기』(공저), 『조선동화집』(역저), 『화계 박영만의 〈조선전래동화집〉』, 『최척전 김영철전』(역서) 등이 있다.

● E-mail: hrkwon3@hanmail.net

내가 왜 대학에 왔지?

초판 인쇄 2012년 3월 6일
초판 발행 2012년 3월 13일

엮 은 이   권혁래
책임편집   윤예미

발 행 처   도서출판 지식과 교양
등   록   제2010-19호
주   소   132-908 서울시 도봉구 창5동 262-3번지 3층
전   화   02-900-4520 / 02-900-4521
팩   스   02-900-1541
전자우편   kncbook@hanmail.net

ISBN 978-89-94955-69-8 03810   정가 12,000원

이 도서의 국립중앙도서관 출판도서목록(CIP)은 e-CIP홈페이지(http://www.nl.go.kr/ecip)에서
이용하실 수 있습니다. (CIP제어번호 : CIP2012001111)